A COISA NÃO-DEUS

ALEXANDRE SOARES SILVA

A COISA NÃO-DEUS

2ª edição, revista

Editora Record
RIO DE JANEIRO • SÃO PAULO
2015

CIP-BRASIL. CATALOGAÇÃO NA FONTE
SINDICATO NACIONAL DOS EDITORES DE LIVROS, RJ

S578c
Silva, Alexandre Soares, 1968-
A Coisa Não-Deus, / Alexandre Soares Silva. – [2ª ed. rev.] – Rio de Janeiro: Record, 2015.

ISBN 978-85-01-06600-8

1. Romance brasileiro. I. Título.

14-14844
CDD: 869.93
CDU: 821.134.3(81)-3

Copyright © Alexandre Soares Silva, 2000, 2015

Mapa da p. 7: Alexandre Soares Silva e Felipe Stefani

Texto revisado segundo o novo Acordo Ortográfico da Língua Portuguesa

Direitos exclusivos desta edição reservados pela
EDITORA RECORD LTDA.
Rua Argentina 171 – 20921-380 – Rio de Janeiro, RJ – Tel.: 2585-2000

Impresso no Brasil

ISBN 978-85-01-06600-8

Seja um leitor preferencial Record.
Cadastre-se e receba informações sobre nossos lançamentos e nossas promoções.

Atendimento e venda direta ao leitor:
mdireto@record.com.br ou (21) 2585-2002.

EDITORA AFILIADA

Death is always and under all circumstances a tragedy, for if it is not, then it means that life itself has become one.

> Theodore Roosevelt, carta para Cecil Spring-Rice

If there's a party I want to be the host of it;
If there's a haunted house I want to be the ghost of it;
If I'm in town I want to be the toast of it.

> Ira Gershwin, "One Life to Live"

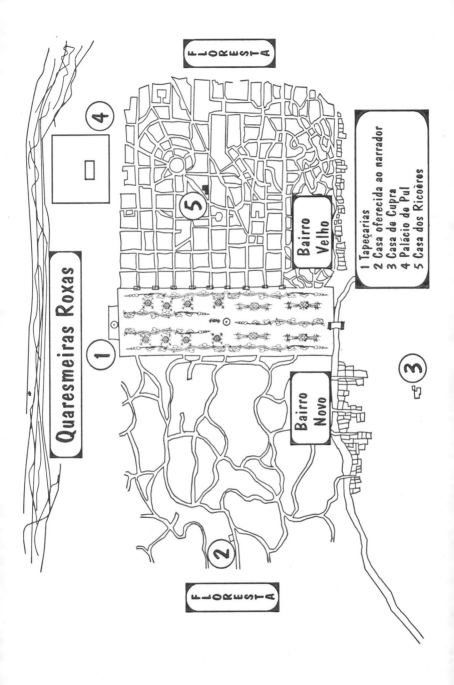

Parte um: Júlio Dapunt

Capítulo 1
Primeiro contato com a Coisa Não-Deus

I

O PARAÍSO NÃO É UM ESTADO DE ESPÍRITO. É um lugar. Se você der dois passos pra fora, está fora; se der dois passos pra dentro, está dentro. Uma vez lá dentro, você pode pisar à vontade na grama, pode dar cambalhotas, pode até se machucar dando cambalhotas, porque o chão não é de ectoplasma, não é de nenhuma espécie mística de fog, não é de gelatina amorfa; é matéria, pura e sólida e dura matéria. Mesmo os anjos são matéria. Se você perguntar a eles se acreditam em algo que não seja matéria, eles vão rir da sua cara. Logo, eles não só são matéria, como são materialistas; e não só são materialistas, como são ateus.

Logo que cheguei no Paraíso — em sonhos; eu ainda não morri —, a primeira coisa que eu perguntei foi, "Vocês têm alguma notícia de Deus?".

Um anjo de gogó proeminente, um tanto dado à bebida e à geometria não euclidiana, disse (e foi a primeira vez que eu ouvi a voz de um Anjo):

— Nunca vi mais gordo.

Ele me disse depois que ficou com isso na cabeça e resolveu investigar; foi perguntando para Anjos que ele considerava mais inteligentes que ele próprio se tinham notícias de Deus, se alguém havia visto Deus, se alguém conhecia alguém que conhecia Deus. Nada. Um deles respondeu: "Eu não, e você?" E gostou tanto do som da resposta que ficou repetindo irritantemente "Eu não, e você? Eu não, e você? Eu não, e você?".

Um outro disse: "Bom, quem sabe Pul?" Pul é o anjo mais inteligente & sofisticado & sibarita & esnobe do Paraíso. O anjo meu amigo, o de gogó saliente, foi visitar Pul na sua mansão barroca, e encontrou Pul afundado numa poltrona estourada, ociosamente passando a mão nos pelos das próprias pernas, e o anjo meu amigo perguntou se Pul por acaso já havia visto Deus, ou se tinha notícias de Deus, ou se conhecia alguém que houvesse visto Deus, nem que fosse de longe, e Pul respondeu: "Hein?"

Assim são as coisas. Os anjos são ateus e são materiais e são materialistas, e quanto ao resto não há nada que se possa dizer de forma geral, porque os anjos são mais diferentes uns dos outros do que nós seres humanos somos uns dos outros. Não existe uniformidade no bem; não no verdadeiro bem. O caminho espiritual consiste em expandir o seu ego, e não transcendê-lo; expandi-lo até que ele se transforme em algo único e caprichoso. Espíritos elevados são, no verdadeiro sentido da palavra, excêntricos.

II

Mas de um mês para cá tudo isso mudou, no que diz respeito ao ateísmo. Pul passou alguns dias em retiro espiritual na sua cabana de campo, e voltou de lá dizendo muito simplesmente que sim, era verdade, Deus não existia, mas apesar disso ser evidente devíamos fazer força para acreditar n'Ele. Pul tinha certeza absoluta de que Deus não existia, mas apesar disso acreditava em Deus tão intensamente que havia conversado com Ele na sua cabana do mato, durante o retiro espiritual. Disse que Deus era simpático e tinha mãos bonitas e a pálpebra do olho esquerdo nunca se levantava de todo, e o nome de Deus era Júlio Dapunt. Disse que Deus havia descido até a Carne em São Paulo, em 1977.

E isto foi muito curioso e muito chocante, porque até ali todos conheciam Júlio Dapunt como a Coisa Não-Deus.

Esta é a história d'Ele, a Crônica do Senhor.

III

Eu, antes que essas coisas todas que me aconteceram acontecessem, não tinha nenhum grande interesse por angelologia ou mesmo por teologia, tinha interesse por vinhos, lareiras e as histórias fantásticas daquele escritor hoje pouco lido, Lord Dunsany, oitavo barão Plunkett. De dia, trabalho numa revista de cinema e vídeo cheia de bichas; tem uma mulher lá, mas ela não gosta de Fred Astaire, que acha antiquado, e acha que filme mesmo é Kieslowski. Me recuso a ir para a cama com uma coisa dessa espécie. De modo que essa é a minha vida diurna, que considero árida, para dizer o mínimo. Talvez a culpa seja minha, por esperar demais da vida. Mas faço questão de esperar demais da vida, faço questão de ser escapista e me perder em filmes de Errol Flynn às duas da manhã. É a minha maneira de fazer Beicinho de Mimo para o Universo.

A esse respeito tenho uma história para contar. É importante para dar uma ideia de como iam as coisas no Paraíso, em matéria de teologia, antes do surgimento da seita de Pul.

Havia uma coisa chamada Igreja do Sagrado e Doce Mimo.

Quem me contou a respeito foi o espírito de Santo Inácio de Loyola. Eu o encontrei por acaso em uma biblioteca do Paraíso, uma biblioteca em que por algum motivo qualquer, algum motivo que os anjos nunca se deram ao trabalho de averiguar, já que consideram a ciência uma ocupação de classes inferiores, técnicos, pedreiros inteligentes do espírito; enfim, por algum motivo qualquer, naquela biblioteca era sempre dois dias antes do Natal. Nunca era Natal, era sempre dois dias antes do Natal; não 23 de dezembro, mas dois dias antes do Natal. Todos os livros eram sobre Natal, milhares, e havia decoração de Natal entre as prateleiras, e um pinheiro com cheiro de pinheiro espalhando agulhas de pinheiro no chão. E em uma das mesas estava sentado Santo Inácio de Loyola lendo *A Aventura do Pudim de Natal*, da Agatha Christie.

Perguntei a Santo Inácio o que os anjos do Paraíso haviam ensinado a ele em matéria de religião, e ele disse que havia sido iniciado nos Mistérios do Mimo; que os espíritos existentes evoluem pela sacralidade absoluta da virtude teológica chamada Capricho, que seria uma espécie de primo frívolo da solene Força de Vontade; que a Natureza, condescende em Mimar alguns eleitos, na verdade está morrendo de vontade de Mimar alguns eleitos, e o Mimo é o estado de graça. Fazer Beicinho é o Grande Exercício espiritual, ele disse, e não disse mais.

De modo que esse é o exercício espiritual que eu faço, exigindo ser mimado pelo Universo, me recusando a levar apenas a vida árida de uma cidade de borracharias e terrenos baldios, sim, vendo às duas da manhã os filmes de Errol Flynn. Bebendo vinho em frente à minha lareira. E sonhando.

IV

Durante uma noite de inverno do ano passado, depois de um dia agitado e estúpido e sórdido de trabalho, me sentei em frente à lareira, com um copo de vinho português. Apoiei os pés em um banquinho minúsculo de madeira. E fiquei imediatamente paralisado de preguiça.

O ritual da lareira é o meu único consolo, minha religião, minha mulher. Quantas vezes durante o dia, perdido no mundo exterior, em algum canto sórdido da cidade, em algum ônibus gorduroso com vômito seco grudado no chão, eu pensava: "Agora posso estar aqui, mas logo à noite vou estar afundado na minha poltrona na frente do fogo, bebendo vinho, lendo Lord Dunsany!" E esse pensamento me confortava, significando que as coisas boas continuavam a existir, que aquela realidade não era a única realidade; e com aquele pensamento até me aventurava a lançar um olhar de desafio aos *office boys* batucando na lataria do ônibus.

Minha lareira é minha única herança. Inventei para mim mesmo uma história na qual a lareira passou de pai para filho durante gerações (claro que não passou, o prédio tem dois anos, tenho o apartamento há um ano e meio, comprado com o que ganhei como assessor de imprensa de um senador e empreiteiro gaúcho). Pertence ao clã, digamos assim; e ao fechar os olhos e começar a sonhar sempre imagino dois leões gravados a faca, um de cada lado da lareira. Na trave de cima vejo a data de 1717, que foi entalhada também a faca por Angus Macgregor, que nos meus sonhos é um antepassado meu, em comemoração pela vitória de Gleincarn. Quando olho para a lareira e vejo dois leões e a data 1717, sei que estou sonhando um sonho acordado, que em algum momento atravessei a porta para o outro mundo.

V

Eu nunca havia visto um anjo antes daquela noite, porque tenho predileção por sonhos sobre guerreiros tártaros, *vikings* mutilados, elefantes de guerra cobertos de rubis. Um bom líder assírio, urrando, com a barba coberta de poeira e sangue seco, também é uma visão de sonho muito comum, em cima do tapete da minha sala da lareira. Outra coisa que recomendo aos colecionadores de sonhos é a estada de Afonso de Albuquerque em Ormuz, em 1514.

Mas aquele foi o meu primeiro anjo. Eu, afundado em uma poltrona, com os pés apoiados no banquinho, vi um anjo sentado nas minhas canelas, a cavalo sobre as minhas pernas, voltado para mim. Não me olhava; estava concentrado em um joguinho que tinha nas mãos, esse tipo de jogo que é uma caixa transparente cheia de água, você aperta um botão e argolas saem flutuando. O objetivo do jogo é fazer as argolas encaixarem em estacas; se encaixarem na estaca amarela vale tantos pontos, se encaixarem na estaca vermelha vale outros tantos, etc. Fiquei alguns minutos observando o jogo, maravilhado com a nitidez com que eu conseguia enxergar as argolas, as bolhinhas de ar. O anjo apertava o botão com a mão direita, que era comprida, muito feia, amarela e cheia de nós. Ele usava óculos na ponta do nariz. O lábio inferior pendia um pouco; era meio careca e tinha um gogó saliente no meio do pescoço magro; e quanto às asas, não vi, porque estavam escondidas atrás dele. O manto dele era verde bordado em ouro — uma das coisas mais maravilhosas que já vi. Era cheio de dobras e cintos e laços e bolsos e filigranas; havia alguma coisa estranha naquele manto, eu via tantos detalhes, via cada minúsculo detalhe dos arabescos dourados sobre o verde veronese. Não é natural ver tantos detalhes em coisa alguma no mundo normal. Nunca mais vi tantos detalhes em lugar nenhum, com a exceção do Paraíso. Era como aqueles manuais científicos ilustrados que mostram como sao as coisas ao microscópio — o tecido se torna fibra —, até mesmo uma página de jornal se transforma numa minúscula e detalhada fibra entrelaçada.

    Atrás dele havia o fogo da lareira iluminando as lombadas dos meus livros, na estante, e à direita do anjo havia uma janela francesa dando para as luzes da cidade, e o prédio em frente com suas varandas cheias de plantas balançando ao vento da noite poluída.

    Gemi. Que podia fazer? O anjo era pesado e estava forçando a articulação dos meus joelhos para baixo.

VI

Ele viu que eu o via e parou de jogar. Me olhou por cima dos óculos de leitura, os olhos muito marrons e muito comuns, e eis que, *mirabile visu*, abriu as asas. Elas saltaram de trás das costas, enormes, uma pena de cada cor.

O anjo saboreou a impressão que causava em mim. Sorriu. Sim, que graça teria ser daquele jeito e não se pavonear? Que graça, quer dizer, que Graça espiritual? A experiência me ensinou que se pavonear é a atividade mais constante e mais característica de todos os espíritos que significam alguma coisa neste universo.

Ele começou a fechar as asas em torno de mim e da poltrona, e no processo a ponta da asa esquerda esbarrou em um livro, na prateleira mais alta da estante, e ele caiu, e ao descer mais a asa, que mudava um pouco de tonalidade ao variar sua posição em relação ao fogo da lareira, quase derrubou várias garrafas de aguardente, mas quem se importa? Eu é que não. Para receber a visita de um anjo, que todas as destilarias da Escócia explodam, e que todos os vinhedos da Europa se cubram de fungos e filoxera. Ele era o prêmio para quarenta anos de loucura laboriosamente autoinduzida. Eu não sentia medo, presenciando o fechar das asas.

Eu e a poltrona, e o banquinho em que repousava meus pés, fomos aninhados pelas asas coloridas. Não via nada a não ser o anjo e o interior das asas. Parece que fomos erguidos do chão; deslizei um pouco da poltrona, ficando meio ajoelhado em penas cor de laranja e laranja-ouro; me senti locomovido. Por uma fresta acima da cabeça do anjo vi que era um anjo de quatro asas, de modo que enquanto duas asas me levantavam, duas pequenas outras, brancas, se abriram no ar e começaram a bater, com o barulho de chapas de cobre sendo chacoalhadas nas oficinas de Vulcano. Ou em qualquer outra parte, *é claro*.

Vi pelas frestas que ele voou até o teto, nos levando, a mim e à poltrona e ao banquinho. Vi que ficava muito abaixo de nós o meu corpo material na poltrona material, a minha boca aberta mas sem (ainda) filete de baba saindo, os olhos meio abertos empapados em sonhos. Mesmo enquanto escrevo estou espantado, e não posso deixar de acrescentar solenemente, ao neófito que me lê: aprenda a invocar anjos, sim? Não é um mau modo de passar a vida, para dizer o mínimo. Mas não diga a ninguém que lhe dei esse conselho, tão pouco prático, tão nefelibático; como cronista do Senhor, preciso agir com tato no mundo dos homens.

VII

E sobretudo se você é muito jovem e decidiu lendo isto que não vai prestar aquele vestibular para odonto ou direito ou engenharia mecatrônica, que vai ser um invocador de anjos ou um explorador de paraísos e infernos, não diga a ninguém que teve a ideia lendo isto, etc., etc. Não quero pais histéricos no meu pé, se você não se importa.

VIII

Atravessamos a parede e saímos para a noite fria. Estávamos a dezenove andares de altura, mas de onde estava só podia ver através daquela fresta acima da cabeça do anjo, e o que eu via era uma ou duas estrelas e uma nuvem de poluição, um tanto avermelhada pelas luzes do Jockey Clube. O brinquedo do anjo havia caído de suas mãos e estava lá perto do banquinho (revirado) de madeira, eu o segurei para ver a marca, para ver se existem fábricas de brinquedo no Paraíso, mas estava escuro lá dentro das asas, e desisti; ainda assim fiz a viagem toda agarrado ao joguinho. Lá de baixo, da rua, quase coberta pelo flap-flap das asas do anjo, vinha a voz idiota e vulgar de um locutor de FM, falando (como de costume) enquanto uma música ainda não havia terminado... Uma das músicas que se ouviam muito no rádio naquele inverno, não lembro qual, estava em toda parte naquele inverno, até ali, achei que vinha de dentro de um carro que passava na rua lá embaixo. Achei também que ouvia garotos jogando futebol no playground do edifício pegado ao meu. Aliás achar foi o que eu mais fiz, ali sem poder ver nada, e quando vi, de repente e muito rapidamente, um teto passar correndo em cima da cabeça do anjo, e ouvi três palavras numa voz de mulher, "Ju, telefone, Tatiana", achei que estávamos atravessando o prédio de apartamentos do outro lado da rua, que faz frente com o meu. Mas em poucos segundos estávamos de novo na noite fria.

Era sexta-feira à noite, as ruas estavam cheias de garotos bêbados dirigindo a toda, com o rádio no máximo, pensei, a julgar pelos sons que vinham lá de baixo. Depois de alguns minutos de voo, esses sons gradualmente começaram a ficar estranhos. Vozes de locutores que eu nunca tinha ouvido antes. Músicas que eu não tinha ouvido antes. Ouvi distintamente um locutor dizer "telefone agora, valendo dois ingressos para o novo filme de Hitchcock". O anjo continuava a voar, com as mãos nos bolsos do manto.

Setenta e três 2i estéreo, Poisons Sacrés, a rádio do Letrado Despreocupado.

A voz do locutor era, agora, uma voz inteiramente despida de vulgaridade. Acho que isso, mais do que outra coisa qualquer, contribuiu para minha sensação de estranhamento. Ouvi uma música que não reconheci, e que nunca mais ouvi. A lua entrou durante alguns instantes na minha área de visão, muito grande, toda cheia de ranhuras e luz. O carro, lá embaixo, devia estar nos acompanhando, porque ouvi a voz de Roy Orbison até o fim da música. Depois de aplausos, ouvi um *jingle* ridículo:

Quem quer saber (era mais ou menos assim)
De Omar Khayyam e Edward Fitzgerald?

*Eu quero o novo livro
de Scott Fitzgerald!*

Depois não ouvi mais nada. Deixei de ver a lua. Vi um prédio todo iluminado a cerca de trezentos metros, muito bonito e delicado, feito inteiro de vidro e com varandas de ferro em arabesco. Se você quer a minha opinião, parecia uma vela de gelo iluminada de dentro para fora. Cheio de gente. Duvido, realmente duvido, que exista um prédio assim no mundo material, muito simplesmente porque prédios residenciais nunca ficam com todos os andares iluminados ao mesmo tempo, não sendo noite de ano-novo nem nada. O prédio saiu do meu campo de visão, a lua voltou.

Já não fazia tanto frio; era uma noite de verão. Pensei: qual será a moda deste verão no Paraíso? Haverá modas no Paraíso? Reparei que o céu parecia mais claro, que decididamente ia ficando mais claro, mas que não estava amanhecendo: era uma luz de entardecer, uma luz de entardecer ao contrário. O azul-cobalto do céu foi se diluindo, pequenos vermelhos de Turner surgiram nele. Com certeza voávamos perseguindo o dia.

IX

Ouça isto: quando se entra no Paraíso, se perdoa qualquer coisa que se tenha sofrido, e até mesmo se esquece de qualquer coisa que se tenha sofrido. Você pode ter passado uma eternidade sendo torturado estupidamente — por mais que você repita para si mesmo, "tão logo eu veja Deus, vou xingar muito, vou me vingar, vou isso e vou aquilo", tão logo você entra no Paraíso você perdoa tudo e esquece tudo. Você até se esquece de pedir satisfações pelo tempo que passou com farpas debaixo das unhas do seu espírito. A felicidade é insidiosa. A felicidade mais intensa apaga da mente a própria noção do que seja Dor. Não é que você se esqueça do que aconteceu de ruim com você no passado — você se esquece do que significa "ruim".

Esse é o motivo pelo qual as pessoas que estão no Paraíso são tão indiferentes às pessoas que estão fora do Paraíso. Tudo parece tão distante e vago e remoto. Se fazem alguma coisa por nós, é mais por um certo senso de esportividade, e não por piedade e paixão (como essas mulheres que vão todas lindas e bronzeadas conversar com os velhinhos de um asilo, uma vez por mês — o que não as impede de se esquecerem deles no dia seguinte e levarem uma vida perfeitamente boa com seus vibradores coreanos e aulas de hidroginástica).

— Bom, sim, calculo que eles estejam sofrendo, lá fora — me disse uma vez um anjo sentado em uma cadeira de vime, com um copo de limonada na mão. E não protestei, porque para mim também tudo parecia tão distante e vago e remoto.

Esta é uma verdade sobre o espírito humano que nunca havia sido revelada antes, mas, foda-se, eu a revelei.

X

O céu se tornou de um azul muito claro que doía nos olhos, mas mesmo assim vi um anjo todo vestido de vermelho voar acima de nós e depois sumir. E depois um anjo todo vestido de verde, mais perto de nós; ele voava e lia um livro ao mesmo tempo. Naquela altitude o vento era forte e achei estranho que as páginas do livro ficassem paradas para ele ler; porém, mais tarde, me informaram que os livros "para voo" são feitos com folhas de cobre. Um homem chamado Cesare de la Croce teve a ideia, e ficou rico fazendo livros de folhas de cobre, construindo para si um magnífico palácio de cinco quilômetros quadrados na cidade do Paraíso chamada — Deus sabe por quê! — Marsupiais.

Depois de algum tempo o anjo, o meu anjo, me segurou com as mãos embaixo dos meus braços e abriu as asas, flaf!, que estalaram e brilharam ao sol do meio-dia, gigantescas, coloridas como uma arara de pesadelo de Rousseau, o Aduaneiro, luxuosas como um *papa dogecida* alimentando um babuíno com amoras de Chipre. No mesmo instante a poltrona e o banquinho caíram como bombas de uma altura de cinquenta metros, o banquinho sumindo na copa de uma árvore, assustando um bando de saguis que saiu correndo em todas as direções.

A poltrona se estatelou com um baque na grama ondulante, foi de fato um baque, foi como se o chão gritasse "baque!" ao ser atingido pela poltrona, que deu duas cambalhotas e parou desconjuntada.

Não se via nada a não ser grama suavemente ondulante e muitas árvores de flores roxas. Eram quaresmeiras roxas. Aquela era a cidade de Quaresmeiras Roxas, um dos lugares do Paraíso reservados às pessoas que, mais que bondade ou inteligência, tinham como nota dominante de seus temperamentos o refinamento estético. O verdadeiro refinamento. Ou seja, os adoradores de Kieslowski caem fora. Se você acha que Robert Musil é o máximo, você cai fora. Se você usa palavras como lúdico, irreverente, seminal, você cai fora, porque no Paraíso existem estudos (Tatossian, H. C. — *Sensibilidade verbal em Quaresmeiras Roxas. Anatomia do Espírito*, pp. 133-140, 1986) que provam o seguinte fato: se um espírito minimamente refinado fala sério a palavra "lúdico", no momento em que o fonema |C| é pronunciado sua boca se arrebenta, seus dentes voam em estilhaços e seus lábios pendem em tiras sacolejantes. (Pendergast discorda, e diz que o efeito é meramente o de deslocar o maxilar. Mas ninguém se arrisca a tirar a prova.)

Sobressaindo-se em meio às árvores, junto ao horizonte, brilhava uma enorme cúpula dourada com estrias azul-cobalto, como a cúpula dos Invalides contra um céu de verão parisiense; eram as Tapeçarias, a cúpula das Tapeçarias, o cartão-postal, se se pode dizer assim, de Quaresmeiras Roxas. Eu sabia, de alguma maneira sabia, que estava sendo levado para lá, para dentro daquela cúpula, para presenciar algo terrível — alguma espécie de tragédia de impacto universal, ao mesmo tempo grotesca e irrevogável. Estava sendo chamado para ser a fiel testemunha; e ainda segurava o brinquedo de plástico nas mãos.

XI

As Tapeçarias são, é, um edifício de pórfiro e mármore construído no século IX nossa era. O barroco arquitetônico foi criado no Paraíso por volta do século VII, e contrabandeado para a Terra só no século XVII. O edifício das Tapeçarias é puro barroco paradisíaco tardio, discreto, quase barroco inglês, quase Wren. A cúpula foi acrescentada em 1820, e não destoa, mas é o que há de mais vivo no edifício inteiro. Brilha tanto contra o céu de verão que as pessoas têm vontade de fazer alguma coisa viva e estupenda: declarar uma guerra, escrever um livro revolucionário, brigar com alguém na rua, ou fundar um império.

Faziam-se tapetes nas Tapeçarias até coisa do século XV — daí o nome. Tapetes gigantescos para cobrir paredes quilométricas. O artesão Mametino de Ancira foi o responsável pelas Tapeçarias durante seiscentos e cinquenta anos, ou coisa que o valha; seus tapetes eram famosos mesmo em outros planetas, e até hoje o viajante Mingliao-tsé diz que eles ainda cobrem as paredes de palácios em centros do universo tão cheios de vida como Algol e U Geminorum.

Seus tapetes geralmente retratavam orgias alienígenas quilométricas. No canto inferior direito vê-se uma pequena quaresmeira roxa (para indicar a procedência) e as letras MF, que significam MAMETINO FECIT ("feito por Mametino"). Mestre Mametino é hoje um velho e ocioso esteta no Japão e sua casa no Paraíso espera com ansiedade pela sua volta; seus discípulos e criadagem passam três dias por ano batendo com pedaços de quartzo em panelas de cobre, para expressar as saudades que têm dele. (Na verdade, segundo me dizem, Mestre Mametino é um homem de gênio insuportável.)

No século XV Mametino achou que fabricar tapeçarias em ritmo industrial era uma vergonha abaixo da sua dignidade, fechou a manufatura e passou a alugar as Tapeçarias (isto é, o edifício) para a comunidade de anjos de Quaresmeiras Roxas. Os anjos usam o edifício para o que chamam informalmente de "assembleias muito muito importantes".

Naquele dia, na noite daquele dia, iria haver uma "assembleia muito muito importante", como soube mais tarde.

Mas antes o anjo que me carregava decidiu passar em casa para se refrescar e tomar um banho. Descemos numa estradinha de terra no meio da grama e das quaresmeiras roxas. As cigarras faziam um barulho desgraçado. Ou os grilos, sei lá. Fazia calor; o calor da estradinha de terra atravessava a sola do meu sapato e chegava no pé.

— E Deus? — perguntei, à queima-roupa. — Vocês têm notícias de Deus?

Ele fez uma cara que me pareceu, absurdamente, de nojo.

— Nunca vi mais gordo.

Ele saiu um pouco da estradinha e procurou por alguma coisa embaixo de um grupo de árvores; era um antigo tanque de carpas arruinado, seco, invadido pelo mato. Abriu uma torneira e, curvando-se depois de tirar os óculos, usou uma mangueira para molhar a nuca. Depois de molhar os cabelos, bebeu um pouco da água que saía da mangueira. Ofereceu a mangueira para mim e ficou esperando enquanto eu bebia.

No centro do tanque abandonado havia uma melancólica rodinha plástica de triciclo.

Continuamos andando pela estradinha, as asas iam arrastando no chão e levantando poeira. A casa dele era uma casa de bom tamanho mas não espalhafatosamente grande, em estilo românico, com uma claraboia de vidro que parecia uma estufa, saltando no meio do telhado. Dentro dessa claraboia havia um intrincado jogo de tubos de vidro cheios de um líquido vermelho vivo, como suco de groselha, que contrastava contra o céu azul. Pensei que era uma escultura, e acertei — era uma escultura alcoólica. Mas cada coisa a seu tempo. Entramos na casa por um corredor coberto, de chão de terra, ladeado por duas longas fileiras de gaiolas de araras que cheiravam mal. Ele passou sem cumprimentar as araras. Ele nunca falava com as araras quando estava sóbrio. Mais tarde descobri que ele tinha um nome para quando estava sóbrio e outro para quando ficava bêbado. Quando estava sóbrio se chamava Cupra. Quando estava bêbado passava a se chamar Casmiros, o anjo da décima primeira hora da noite. Casmiros ficava a maior parte do tempo naquele úmido corredor de araras, andando de um lado para o outro, e contando aos pássaros aventuras de pirataria obscenas e incoerentes. E tinha uma amante. Quando estava sóbrio mal se dignava a falar com ela.

Mas naquele dia eu ainda não sabia de nada disso.

— Se você me der licença um momento — ele disse.

— Fique à vontade.

Saiu. Dei uma vista de olhos na sala, que era fresca e um tanto escura. Cupra parecia ter uma queda por paisagens, Claude Lorrain sobretudo, Ruysdael e chineses; acho tudo isso um tanto monótono. Paisagens me lembram longas viagens de ônibus no eixo Rio-São Paulo, olhando mato e mato e mato, e morrinhos com erosões, cerquinhas e fábricas de bolacha. Há mais vida em qualquer bunda redondinha pintada por Boucher.

De repente apareceu um criado com luvas de veludo vermelho e um ridículo bigode em formato de guidão, me oferecendo licor em um copinho; "a senhora lamenta não poder recebê-lo no momento, mas se quiser se reunir ao nosso outro hóspede..." Por que não? Aceitei.

Ele bateu discretamente em uma portinha e abriu. Entrei em um pequeno gabinete acarpetado, bem iluminado, com paredes forradas de azul, móveis *art nouveau*, uma janela, duas estantes envidraçadas com brinquedinhos geométricos. Na frente de uma dessas estantes envidraçadas um garoto de pijama azul brincava com uma tira de Moebius.

Essa é a palavra: garoto. Reparei imediatamente que ele estava bêbado, mas pensei que fosse de álcool, no que me enganei; ele estava bêbado de alegria, por estar sonhando com o Paraíso. Não me lembro direito do que conversamos; lembro que ele levantou a camisa do pijama e mostrou um finíssimo fio que saía do seu umbigo e atravessava a janela, sumindo no céu azul, como o fio de uma pipa; era o fio astral que o ligava ao seu corpo adormecido em São Paulo. Pela primeira vez reparei no meu próprio fio de prata, o que me espantou. Rimos. Achei que ele deveria ter uns, quê? Vinte anos? Era louro, descendente de alemães, o pai trabalhava numa empresa farmacêutica em Barueri, e ele achava que aquele era o sonho mais esquisito, e o melhor, que já havia tido. "Tão nítido. Olha só a luminosidade entrando pela janela", ele disse, com a má dicção que lhe era característica. Achei simpática a sua alegria tímida.

XII

Pela janela se via a cúpula das Tapeçarias por cima da copa das quaresmeiras roxas. Ele foi até a janela e respirou fundo, empurrando os batentes da janela como se fosse Sansão tentando derrubar as duas colunas do templo, se espreguiçando num gesto impulsivo de felicidade, enquanto um anjo passava voando no céu azul. Ele era muito educado para me voltar as costas por muito tempo. Virou para mim e disse:

— Eu gostaria que de alguma maneira o ar do Paraíso modificasse a expressão do meu rosto, sabe, e qualquer um que olhasse para mim ia notar alguma coisa de estranho, alguma coisa de magnífico, tipo "ali vai alguém que esteve no Paraíso"... e todas as garotas... — disse mais alguma coisa que não entendi. Respirou fundo duas vezes, com uma cara de quem estava sentindo um perfume delicioso. Depois, pôs os punhos na cintura, estufou o peito e me mostrou o rosto de perfil, numa pose heroica, e ri da brincadeira, já meio desinteressado dele.

Ele começou a declamar numa voz solene, com os olhos arregalados, "*For he on honey-dew hath fed,/ And drunk the milk of Paradise*". Desfez a pose e disse, subitamente inseguro:

— É Coleridge, mas não sei se eu citei certo.

Daí riu pelo nariz, meio sem graça.

Dez minutos depois eu estava sentado ao lado de Cupra no degrau do corredor das araras, enquanto ele afivelava as sandálias, mordendo a língua pelo esforço de estar curvado; seus cabelos molhados cheiravam a jasmim. Usava agora uma túnica vermelha e dourada — o dourado na forma de flores-de-lis. Em um bolso da túnica eu podia ver um livrinho chamado *O mal é um ângulo de doze graus*, que, conforme fiquei sabendo faz pouco tempo, foi o best-seller daquele verão no Paraíso: o autor era um geômetra maluco com uma implicância com ângulos agudos; de fato, tinha ataques epilépticos cada vez que via um ângulo agudo. Ou pelo menos se jogava no chão e rangia os dentes, fazendo cocô nas calças. Havia um boato de que isso era uma jogada de marketing, e os anjos se divertiam com isso. Mas não vem ao caso. Cupra perguntou (e achei surpreendente que ele se dignasse a me fazer uma pergunta):

— O que você achou do garoto, o Júlio Dapunt?

Eu estava mais interessado em olhar para as asas de Cupra, quase como esmalte bizantino. Novas Bizâncios-Alma, sim, sim.

— Parece um bom sujeito.

Ele terminou de afivelar a sandália, deu um tapinha nela e disse:

— Mais ou menos um ano atrás descobrimos que a alma dele é defeituosa. A alma dele vai morrer junto com o corpo. Ele é o único espírito em toda a história do universo que, quando morrer, vai deixar de existir. Ele não sabe ainda, mas vamos contar isso para ele hoje à noite no saguão das Tapeçarias. Escolhemos você para acompanhar tudo e escrever um livro, do ponto de vista humano.

Demorei um pouco para entender o que ele havia dito. O criado de bigode postiço e luvas de veludo vermelho apareceu com dois copinhos de licor numa bandeja. Fiz que não com a cabeça, distraído. Para minha surpresa, Cupra não insistiu e bebeu os dois copos em um segundo. Ou os dois copos em dois segundos. Não cronometrei, é óbvio.

— Como assim, "alma defeituosa"?

— Bom, ninguém sabe como isso foi acontecer. Desde que o mundo existe os espíritos existem porque existem, nunca nenhum espírito foi criado ou destruído, nunca nenhum espírito nasceu ou morreu. É uma coisa sem precedente em milhões de anos de história... Pobre coitado.

XIII

— Mas para que contar a ele, afinal? — berrei, para ser ouvido por cima dos urros das araras.

Cupra sorriu olhando para o dedão do próprio pé.

— Está vendo, parece idiota até para você, não parece?

Não gostei daquele "até para você", mas tudo bem, não falei nada. Cupra às vezes era um tanto ofensivo; Casmiros, nunca. Não havia no mundo quem não gostasse de Casmiros.

— Ficamos um ano discutindo se íamos contar a ele ou não. É claro que não devíamos contar. Todo mundo concordou. Mas daí veio um idiota de um espírito elevado chamado Sinufer que começou com uma demagogia estúpida de que Júlio Dapunt tinha o direito de saber e não sei o que mais. Foram perguntar pro Pul o que ele achava e ele disse que o que Sinufer achasse estava bom. Mas até você percebeu logo que não é bem assim.

Cupra se levantou do degrau, com dificuldade porque (suponho) as asas ainda úmidas do banho eram muito pesadas. Apoiou as mãos nas próprias coxas para ficar de pé. Quando conseguiu, a cabeça quase esbarrava no teto.

— Pul não se interessa por coisa nenhuma. E Sinufer já mandou dizer que nem vai se dar ao trabalho de vir esta noite. Mandou um mensageiro. — Cupra fez uma pausa. — Vamos andar um pouco debaixo do sol. Preciso terminar de secar as asas.

Do gramado, olhei para a janela do andar térreo para ver se via Júlio Dapunt, e não vi. Andamos à toa debaixo do sol, evitando a sombra das árvores. Eu sentia o sol arder na pequena porção de pescoço que a camisa polo deixava descoberta. O pescoço do meu espírito. Me sentia malignamente feliz porque o condenado era Júlio Dapunt, e não eu; como sempre, ao ouvir falar de uma desgraça, estava com uma vontadezinha idiota de rir. Demos uma volta preguiçosa em torno de uma estátua de um cachorro enrodilhado para dormir. Cupra tirou os óculos do bolso da túnica e pôs na cara, onde mais?, e ficou examinando o musgo que cobria a estátua, até que se agachou e começou a tirar o musgo com um canivete. Estalou a língua contra o céu da boca, eu pensei que fosse um sinal de desagrado pelo musgo da estátua (esses criados desleixados!), mas ele na verdade ainda estava pensando em Pul e Sinufer e seus amigos. E no caso Júlio Dapunt.

— Enfim, não tenho nada com isso — resmungou, sem parar de raspar a estátua com o canivete. — Se Pul quer contar, que conte. Não posso impedir. Não estamos numa democracia. Ele faz o que quer. E você aceita a proposta e fica com a casa, se for esperto.

— Que casa?

Ele se levantou e fechou o canivete.

— Você recebe uma casa em Quaresmeiras para ficar depois que morrer, em troca pelo livro. Vai ser vizinho de Choderlos de Laclos de um lado e Grace Kelly do outro. — Ele apontou com o canivete fechado para a cúpula das Tapeçarias. — Olha só o movimento.

Anjos vinham de muitas direções, voando lentamente para a cúpula; contei onze, como helicópteros se dirigindo para um autódromo num dia de corrida.

Não sei por que fiz a comparação. Odeio Fórmula 1. É a paixão nacional dos gerentes de banco barrigudos, desses que se cumprimentam gritando de longe "Grande Frederico!", "Grande Barbosinha!".

Mas o Brasil estava distante.

— Vamos ver como estão as coisas por lá — disse Cupra, se referindo às Tapeçarias, não ao Brasil. Pôs o canivete e os óculos no bolso da túnica vermelho-dourada, me pegou pelas axilas — bom, pelo sovaco, para falar mais claro — e voamos. Cupra era para mim o que Fernando Pessoa disse de Walt Whitman: funicular do Olimpo até nós e de nós ao Olimpo.

Capítulo 2
Minha casa no Paraíso

I

Entramos espetacularmente na cúpula das Tapeçarias por uma abertura horizontal, uma fenda, que ficava quase no topo da cúpula. Lá dentro o mármore era fresco, ecoavam muitas vozes em paradisíaco, e anjos em grupos de três ou quatro conversavam em um patamar, apoiados em uma gradinha. Descemos até esse patamar, de onde se podia olhar lá para baixo, onde havia um abismo, um enorme saguão, enorme é pouco, com estátuas de mármore, e anjos, minúsculos pela distância, passeando; e até ali nunca havia visto tantos anjos juntos, tantas túnicas cobertas de pedrarias com mangas bufantes, com laços, com gravatas (o nó de gravata que se conhece, na Terra, como duque de Windsor, na verdade foi criado em Quaresmeiras por volta de 1350).

Havia espíritos sem asas. Via de regra, espíritos sem asas não são chamados de anjos. Que são anjos? Espíritos elevados, sim, mas espíritos elevados de um certo tipo, espíritos elevados que, podendo escolher a própria aparência, por uma questão de estética e, sim (essa outra palavra tão intimamente ligada à palavra civilização), por frivolidade, decidem ter a aparência mais espetacular possível. E não há nada mais espetacular do que uma asa em arco-íris e, quando as duas asas estão estendidas, às vezes alcançam oito ou nove metros. As asas do Belo Brummel, por exemplo, alcançam dez metros, e as de Disraeli, dezesseis. "Desasado" seria um bom equivalente em português para a palavra em paradisíaco que também significa bárbaro, filisteu. Eles partem do princípio de que se um espírito, por melhor que seja, não se importa com pequenas ou grandes frivolidades para ter uma aparência, digamos, espetacular, esse espírito é um bárbaro, um filisteu; é avesso à civilização, às artes, às humanidades. Pode estar bêbado de amor e abnegação, pode ser o "doce e humilde" Oglagon, ou S. Felipe Néri, ou Sta. Teresa De Ávila — para os anjos de Quaresmeiras Roxas, são reles desasados, escória, bondosa escória, bondosa escória bárbara.

É claro que os grandes espíritos desasados do universo, que não vivem em Quaresmeiras, retribuem o desprezo, achando esses anjos "frívolos". Acontece que na Igreja do Mimo "frivolidade" corresponde à primeira virtude do espírito, sem a qual nada é possível.

E a segunda virtude é a petulância. Existem livros e livros sobre o ideal do espírito petulante. E os pecados capitais são a humildade e a abnegação. E a tristeza sábia. "Nada de tristeza sábia!", era o mote de um dos mestres do Mimo. Eles se chamam, por alguma razão obscura, de caçulas. Um caçula é um adepto do Mimo. Eles gostam de repetir, como o diamante da parábola de Nietzsche, ah, meus irmãos, por que tanta renúncia, tanta abnegação, tão pouco destino no vosso olhar?

Estávamos justamente descendo umas escadas para o saguão de baixo quando fomos interceptados por um desses anjos de quatro metros, magro de meter medo, com os cotovelos quase furando a túnica verde e branca. Ele pegou Cupra pelo pescoço, com dois dedos, e o chacoalhou amigavelmente, dizendo algo em paradisíaco. Cupra fez cara de poucos amigos e o outro esplêndido anjo, Bliobléris, depois de olhar, com curiosidade, para mim — com certeza pensou que eu fosse Júlio Dapunt —, se foi.

O paradisíaco é uma língua em que cada palavra soa como "mamolamama", ou qualquer coisa assim. Pelo menos para os meus ouvidos.

Entramos em um corredor cheio de nichos com estátuas de mármore branco, representando grandes espíritos da história do Paraíso, Pul inclusive. Parei pra ver a estátua de Pul, sobre quem já estava muito curioso, uma vez que Cupra havia se referido a ele, amargamente, como *le grand seigneur*. A estátua tinha um rosto zangado, comprido, braços finos, e usava uma cota de malha. Como Cupra não esperasse por mim, e eu tivesse parado para ver a estátua, tive que correr até ele depois que terminei de vê-la. Mas no meio do caminho dois anjos de aparência muito jovem, que vinham andando de braços dados em sentido contrário, bloquearam minha passagem. "Mammölamama", disse um deles sorrindo. Ergueu um livro gigantesco, como se fosse dar com ele na minha cabeça. O outro apontou para a estátua de Pul e disse algo em paradisíaco. "Hein?", eu disse. Olhei adiante para chamar a atenção de Cupra, mas ele continuava andando sem notar que eu havia ficado para trás. O anjo bateu com o livro, levemente, mas nem tanto, na minha cabeça, e disse "Puuuuuumm, mammölamam". O outro anjo riu com hálito doce de hidromel. Percebi espantado — para dizer o mínimo — que no lugar de cabelo o anjo de hálito doce tinha milhares de formigas. De vez em quando elas avançavam para a testa, como uma mecha de cabelo, mas ele sacudia a cabeça e elas voltavam para o lugar.

— Mma, momala, momsem, meió — disse o anjo que segurava o livro. O outro continuava apontando para a estátua de Pul, rindo. Fui dizendo com licença e tentando forçar passagem, mas o do hálito de hidromel me pegou pelo braço e me fez virar para a estátua de Pul. "Meiómeió, mammala", disse, ao que o outro respondeu, muito sensatamente, "Nême, namu".

Olhei para a estátua de Pul, e *piiing*, vi a luz, porque percebi que eles estavam tentando me mostrar que, daquele ângulo, uma das dobras da calça de Pul fazia com que ele parecesse ter uma... bem, uma ereção, para usar a palavra exata. Ri, eles riram; e me soltaram.

Ao passar pela estátua o anjo de cabelos de formiga estendeu a mão, cutucou a calça dela e disse algo que ouvi, distintamente, como "cútchi-cútchi". Me senti aliviado. Eles eram o que Allan Kardec teria chamado, pouco diplomaticamente, de espíritos zombeteiros. Mas quem, nos altos escalões, não é?

II

Ao correr para Cupra quase fui atropelado por um sujeito conhecido como Guarda Nipoturco, que vinha de bicicleta pelo corredor. Ele havia parado para falar com Cupra, seu superior imediato na agradável tarefa de fazer guerra aos espíritos ovoides do Umbral 4-B. Vi umas dessas guerrinhas mais tarde e "no devido tempo" conto tudo, mas por hora digo que foi uma violência sem sentido e muito divertida. Entre parênteses, digo que, por falar em Umbral 4-B (UQB para os íntimos), o modo de se descobrir se uma determinada região está perto das regiões infernais é o seguinte: quanto mais siglas se usam nessa região, mais perto nós estamos das regiões infernais. Espíritos de segunda têm uma atração muito forte por siglas.

O Guarda Nipoturco é um japonês com uma barba coberta de grama seca, e com uma proteção peitoral de platina. Quando passou por mim gritou irritado com alguma coisa que não entendi, olhei para trás e ia responder quando reparei nas panturrilhas dele, quase deformadas de tão musculosas. Achei melhor ficar calado.

Cupra estava parado junto à porta de uma biblioteca, me esperando.

— Estes são os chefões, só Pul não está aqui — ele disse, franzindo os olhos para ver quem estava na sala. Acabou pondo os óculos.

As estantes de livros estavam encostadas às quatro paredes. Alguns anjos, para alcançar as prateleiras mais altas, levantavam voo e, enquanto examinavam um livro lá em cima, continuavam batendo as asas, fazendo uma ventania que levantava meus parcos cabelinhos. No centro da sala havia, aqui e ali, grupos de anjos sentados em poltronas, conversando com os pés apoiados em pilhas de livros.

Cupra parecia procurar alguém. Avançamos alguns passos na sala, o que era difícil, porque o chão estava coberto de tapetes enrolados e pilhas de livros, entre os quais lembro de ter visto *Va te Faire Foudre!*, uma nova comédia de George Feydeau escrita em 1979, os poemas reunidos de Walt Whitman do período 1957-1963, as memórias (políticas e eróticas) de Ali, genro de Maomé, em entrevista a Sir Richard Burton, e, em alemão, *Breve Descrição de um dos Muitos Infernos*, relato da visita de Martinho Lutero a Quaresmeiras Roxas. Os tapetes enrolados eram Mametinos autênticos, esquecidos pelo tempo e pelos descuidados, desorganizados anjos. Deitado em um dos tapetes enrolados estava um anjo de aparência infantil, absorvido na leitura de *Sinufer and the Glorious Times, a Thanatography*, de Carlyle. Ao lado dele estava uma canequinha cheia de cereais e uvas-passas, da qual ele comia com uma colher comprida.

Pulamos o anjo e nos aproximamos de um grupo que conversava em suas poltronas de couro. Atrás de cada poltrona notei um objeto de ferro que era como um candelabro de dois braços, do tamanho das poltronas, e que servia para apoiar as duas asas e descansar. Cupra se desviou de um desses objetos — um momomômimo, descansador de asas, da oficina de um *maestro inglese* que vivia em Marsupiais — e, avançando discretamente por trás de uma das poltronas, bateu com os nós dos dedos no alto da cabeça de um anjo. Esse anjo se levantou de um salto, derrubando seus momomômimos, kan! kaplan! no chão de pórfiro.

Era baixo para um anjo, e com isso quero dizer que era da minha altura. Cabelos castanhos compridos não muito másculos, cacheados, estilo michê italiano do século XV, eu achei... Sem ser musculoso, dava a impressão de ser atlético. Dentes muito brancos. Asas muito brancas, inteiramente brancas. Moletom branco, com mangas arregaçadas, com um desenho do Asterix no peito dizendo *Oui, je boude, et allors?* Era Qayitz, o Anjo do Verão, Supremo Senhor do Leblon, Maresias e Algarve.

Ele ficou conversando com Cupra, mammolamama, mommolamama... Qayitz pôs os joelhos na poltrona e os antebraços, queimados de sol, e cobertos de pelos louros, por cima do encosto. Ria atirando a cabeça para trás, sem deixar de olhar para a pessoa com que falava para ver se ela estava rindo também. O efeito era bom. Com certeza ele treinava isso na frente do espelho.

Ficaram mamolamameando. Atrás de Qayitz, três ou quatro anjos continuavam sua própria conversa. Um deles lia um livro de letras de Cole Porter. Todos eles olhavam de vez em quando para mim. Fiquei com vontade de dizer não, não sou Júlio Dapunt, mamolamama Júlio Dapunt não, meió meió! De repente percebi que Qayitz estava falando, em português, comigo.

— ... no início disso tudo. — Não peguei a primeira parte da frase. — É típico de Cupra trazer você direto para cá e nem te oferecer um almoço — sorriu. Era muito simpático. — E aposto que deixou Júlio Dapunt sozinho com as araras. Ou está com a amantezinha? — Ele se referia à amante de Cupra.

— Está com Débora.

— A amasiada? A amancebada? A amigada? — Cupra parecia um mestre de autocontrole. Qayitz se virou para mim — Já viu a zinha? Ela não é uma belezinha?

— Ele não viu.

— Não viu a zinha? Não viu a belezinha?

Cupra deu dois passos para trás e fingiu que olhava distraidamente para fora da janela. Mas resmungou, o gogó subindo e descendo, "estamos espirituosos, hoje".

— Eu sou sabe quem? Qayitz, o Anjo do Verão, supremo senhor de Ipanema e das margens do Sena — ele me disse, e, como disse sorrindo, não soou antipático.— Eu sou o espírito que as garotas invocam quando querem endurecer os músculos das coxas. Eu protejo os patinadores e as pessoas que levam seus cachorros pra passear. Eu...

— Chega, pelo amor do que é mais sagrado... — disse Cupra.

Qayitz riu, lançando cabeça para trás como Errol Flynn.

— Eu só ia explicar que aprendi português para ler *As Minas do Rei Salomão* na tradução do Eça de Queiroz. Mas notou o meu sotaque carioca? De vez em quando eu vou até o Caesar Park em Ipanema e me materializo como gigolô e me divirto um pouco com as turistas branquelas americanas e argentinas. É a minha maneira de fazer caridade! — de novo o riso de Errol Flynn. — E sabe onde o Cupra aprendeu português? Ele era pirata.

— Eu era cartógrafo.

— Cartógrafo, que seja. Num navio pirata francês. Esteve na frota de Duguay-Trouin e tudo. Invadiu a Baía de Guanabara. Sério. Esse sujeito aí.

Olhei para Cupra, ingenuamente admirado. Embora não saiba por que a presença de um pirata deveria ser mais motivo de assombro do que a presença de um anjo. Cupra respirou fundo.

— Se você não fosse tão ignorante, eu contaria sobre Duguay-Trouin, Qayitz.

— Mas eu sei. Eu sei. Eu leio livros. Olha o gogó! — Qayitz estendeu o braço com muita agilidade e deu um peteleco, lá em cima, no gogó de Cupra, que recuou e resmungou. — Cupra, pelo amor do que é mais sagrado, como você diz com tanta elegância, você precisa tomar uns golinhos, ninguém te aguenta sóbrio — ele sorriu para mim.

Fiquei achando que se ele desse um peteleco no meu gogó e depois sorrisse daquele jeito, eu não ia desgostar dele. Não ia conseguir.

— Olha, pode não parecer, mas eu sou o superior imediato desse senhor aí — o que aqui não quer dizer grande coisa, mas enfim. Fui eu que pedi a ele que buscasse Júlio Dapunt e depois você, já que ele fala português. Ele te falou da oferta? Você escreve sobre Júlio Dapunt, até o momento da morte dele, e recebe uma casa aqui em Quaresmeiras, para sempre.

— Com Choderlos de Laclos de um lado e Grace Kelly do outro — eu disse.

— Isso. E um zé-mané na frente. Mas tem o seguinte: você não sabe, mas já tem uma casa numa área chamada Coromandel. Tem família e amigos mortos esperando você por lá. Você sempre vai pra lá quando morre, desde 1300, segundo me disseram. Mas claro que não é nada mau ficar com a casa daqui como uma espécie de casa da praia. O mar fica a três quilômetros daqui.

Grace Kelly vai sempre lá carregada de liteira pelos admiradores, usando um maiozinho branco.

Oh, hum, quem sou eu para dizer não? Mas, antes que eu pudesse dizer alguma coisa, Cupra perguntou:

— O bar está aberto?

— Ahã. Sim. Vamos lá, vou com vocês. — Ele saltou a poltrona, derrubando-a com um estrondo. Deu o braço direito para mim e o esquerdo para Cupra, e fomos andando, com dificuldade, pulando livros e Mametinos enrolados. Quando chegamos na porta da biblioteca dei um jeito de olhar para trás, e vi os dois momomômimos de ferro, derrubados, e a poltrona, derrubada, e pensei é isso, é essa a espécie de rastro que esse cara deixa.

III

O bar era um simples balcão, sem cadeiras, em um saguão abobadado em que várias escadarias confluíam. Atrás do balcão, garrafas de todas as cores possíveis, um liquidificador, um limão cortado pela metade. Um velho pesadão de lábios pendidos segurava uma faca grande, em cuja lâmina havia pequenos gomos de limão grudados, não sei se a palavra é gomo, sabe aquelas bolinhas que formam o limão? Lembro também que havia um rádio desligado em uma prateleira.

Cupra pediu vinho do Porto, Qayitz pediu uma limonada e eu pedi calvados, em francês.

Não havia mais ninguém no longo balcão, a não ser um desasado de terno e gravata. Nós quatro bebemos em silêncio, apoiados no balcão. O barman perguntou em francês se o rádio nos incomodaria, Qayitz me consultou com os olhos e disse que não, e o velho ligou. Não tenho certeza, mas acho que era Beniamino Gigli e Messalina (*sic*) cantando *Libiamo, Libiamo*. Pelo menos foi o que entendi o locutor dizer, algo como *Gigli mamo la Messalina mola Libiami Libiami Verdi mi*.

— Ele trabalhava no Harry's Bar de Veneza — Qayitz disse para mim, em português. — Uma vez Jean Cocteau deu uma gravata pra ele. *La cravate*, Manuel.

Manuel abriu uma gaveta e tirou uma gravata-borboleta vermelha com duas listras verde-limão, cor de tomada no escuro. Segurava a gravata como se ela fosse um rato morto. Qayitz riu.

— Manuel está aí atrás desse balcão há uns cinco séculos. Só sai de vez em quando para uma vidinha ou outra. *Ne c'est pas*, Manuel? *Cinq cent ans*!

— *C'est vrai, monsieur.*

— É mentira. Manuel vai dizer amém a qualquer coisa que Qayitz diga — disse Cupra, bebendo devagar seu vinho do Porto, com o cotovelo no balcão.

— Vamos ver. Vou perguntar se é verdade que ele é um velho sodomita. Manuel... *est-ce que...*

Uma campainha tocou e, de um momento para o outro, anjos começaram a surgir no saguão, aos pares, aos trios, com pastas debaixo dos braços. Conversavam entre si, e de vez em quando se ouvia o nome Júlio Dapunt.

— Acabou alguma reunião — disse Qayitz.

— Decidiram as reparações de guerra — disse Cupra. Depois olhou para mim: — Eles iam decidir o que dariam em troca para o Dapunt, para recompensar o incômodo.

— Não é culpa deles — Qayitz disse.

— Não. A culpa é sua. Você achou ótima a ideia de contar tudo para o Júlio Dapunt.

Qayitz terminou a limonada, bateu o copo no balcão e tamborilou com as palmas das mãos sobre o tampo de mármore.

— *Merci*, Manuel.

Como o balcão começasse a ficar cheio, saímos dali e fomos nos apoiar em uma grande estátua de mármore representando Mametino de Ancira, o tapeceiro. Feita pelos discípulos do Mestre, doada por ele para a comunidade dos anjos para que eles se instruíssem no estudo de "minhas nobres e regulares feições" (palavras de Mestre Mametino). Cupra ainda bebia seu vinho do Porto, devagarzinho.

— Só acho o seguinte — Qayitz disse, aparentemente tentando se justificar. — Daqui a alguns anos, Júlio Dapunt não vai nem existir mais. Que importância tem o sofrimento dele? Vai passar.

— Não quero nem discutir esse ponto de novo — disse Cupra, um tanto irritado. E depois, mudando de assunto: — Olha o Utrodiel lá. Pergunta para ele o que decidiram.

Qayitz chamou.

Para Utrodiel, como (supostamente) para um cortesão francês do século XVIII, elegância é velhice, e velhice é elegância. Ele usa uma peruca branca e uma bengala, e finge que manca discretamente. Até as asas são mirradas, de um branco perolado sujo, contrastando com o azul-escuro da casaca e o preto dos sapatos de fivela. O queixo e os quadris muito largos.

Ele veio mancando. Reparei que nas costas da mão que segurava a bengala ele usava cordinhas de seda azul, ramificadas, como veias estilizadas nas mãos de um velho. Somente em uma das mãos. É brega usar isso nas duas.

Depois de algum tempo de monótona conversa em paradisíaco, Utrodiel foi embora, resmungando. Segundo um ensaio dele, que li quando comecei a dominar o paradisíaco, maneiras verdadeiramente elegantes incluem uma imitação estilizada da velhice em tudo: esquecimento proposital de nomes, referência a pessoas ausentes como "aquele menino", e resmungos. Resmungos catalogados.

— E aí? — perguntei.

— Decidiram o óbvio — Qayitz respondeu. — Vão dar para o Júlio Dapunt tudo que ele quiser. Um harém, um império, Catherine Deneuve (a ênfase deixava claro que ele considerava isso uma lista de coisas em ordem crescente de grandeza). Não vai ser tão ruim assim, afinal.

Cupra deu uma risadinha.

— Não, para você não vai. Escuta, quem é que vai dar a notícia?

— Pul. Eu acho.

— "Desculpa o mau jeito aí, hein?" Assim desse jeito? — Cupra apontou com o copo para o desasado de terno e gravata que ainda estava junto ao balcão. — Aquele não é o secretário de Pul? Como é mesmo o nome dele? Paulo? Quer apostar que é ele que vai dar a notícia e que Pul nem vai aparecer?

— Vamos lá falar com ele. — Qayitz sorriu para mim: — Ele é brasileiro.

Me envergonho de dizer que me senti orgulhoso de ouvir isso. Um brasileiro, secretário de Pul? Ah, por que a gente tem que ser tão idiota quando está no estrangeiro? (No estrangeiro com "e" minúsculo ou com "E" maiúsculo.) Que se dane o Brasil. O Brasil é uma halitose que persiste mesmo no Paraíso.

IV

Junto ao balcão, com uma pasta de couro preta debaixo do braço, Paulo comia um sanduíche de queijo, pensativo. Anjos conversavam perto dele, mas ele não se esforçava em ouvir. Ele devia ter me ouvido falar português, mas não havia se apresentado. Ele era todo duro e formal. Nem mesmo se encostava relaxado no balcão, não, ficava reto olhando um ponto imaginário, comendo seu sanduíche de queijo e olhando de vez em quando para o relógio.

Qayitz nos apresentou.

— Eu sou de São Paulo — eu disse.

— Cidade de *office boys* e borracharias — ele sorriu.

— Desculpe. Eu sou do Rio. Morri em 77.

Apertamos as mãos. Naquele primeiro encontro, fiquei impressionado com a elegância dele (impressão que não se confirmaria em encontros subsequentes) e fiquei envergonhado da minha camisa polo preta, um pouco aquém do estilo casual chique. Ele se chamava Paulo Marinus Prikker, um nome que me dá inveja, de origem belga. Me dava a impressão de ter mais de um metro e oitenta, tendia para o corpulento, parecia ter cerca de 50 anos e os cabelos eram brancos. Gostei dele, apesar do jeito reservado e um pouco frio, e da frase sobre São Paulo, antipática, que poderia ter me ofendido, se eu fosse ofendável. E, depois, penso exatamente como ele. Sua visão esnobe do mundo me corrompeu um pouco, talvez? Relendo este livro, noto em muitos dos meus comentários (espíritos de segunda classe, altos escalões do espírito, isto é brega, tal coisa é elegante) um tom decididamente prikkeriano.

— Marinus Prikker é secretário de Pul — Qayitz me disse — Há quanto? Sete anos?

— Sete anos. Oito no próximo materno.

Isso porque, se vocês não sabiam fiquem sabendo, o ano no Paraíso se divide em cinco estações, a saber, primavera, verão, outono, inverno e materno. Durante o materno (meses de Machim e Enoná, isto é, a Festa da Consagração do Linho), o tempo é seco e o ar solta fagulhas elétricas. Um granizo cor-de-rosa leve como uma pluma brota do chão e sobe até o céu, exceto quando uma fagulha elétrica o transforma no muito apreciado vinho de granizo. Varais são estendidos entre as quaresmeiras roxas para a Festa da Consagração do Linho, ostentando bordados encharcados de vinho de granizo, e as pessoas estalam copos de cristal no fogo de velas de gelo, e fazem corridas de troica sobre a geada ascendente. É uma festa para caçulas, cujo significado não entendo bem. Só sei que é uma das festas estipuladas pela Igreja do Sagrado e Doce Mimo. Mais do que isso só vou ficar sabendo quando for um iniciado, e daí eu vou ter que calar a minha boquinha. Quem tiver ouvidos para ouvir, que ouça.

Mas ainda estávamos no verão.

— Prikker — Cupra chamou.

— Sim, Meu Anjo? — sendo que "meu anjo" é a maneira formal de se dirigir a um anjo. Mas depende, é claro. A antiga Rainha Cristina da Suécia, que mora perto de Cupra, sempre o chama de "você aí".

Cupra ficou subindo e descendo as sobrancelhas em silêncio.

— Não entendi — disse Paulo, olhando para Qayitz.

— Desembucha, Prikker — disse Cupra, ainda subindo e descendo as sobrancelhas.

— Acho que o Cupra quer saber se o seu chefe vem ou não vem hoje de noite. Diz para ele, senão o gogó dele vai ficar tremendo de ansiedade junto com as sobrancelhas, e isso é um espetáculo triste de se ver, Marinus Prikker. — Qayitz, apoiado com o cotovelo direito no balcão, estendeu a mão esquerda e apertou o nariz de Paulo, que deu um passo para trás.

Paulo suspirou, cheio de dignidade, enquanto raspava uma sujeirinha imaginária da pasta de couro com a unha do dedão.

— Bom, infelizmente o Arcanjo Pul não vai poder vir. Não vai poder ou não vai querer, isso não vem ao caso. Ele me encarregou de fazer a anunciação.

— Rá! — disse Cupra, sorrindo indignado para Qayitz.

Qayitz riu, e disse olhando para mim:

— É inacreditável, né?

— Não sei por quê. Eu tenho aqui na pasta algumas palavras de Pul para o Júlio Dapunt.

— Que você escreveu, é claro.

Qayitz deu um salto, se estendeu por cima do balcão e conseguiu agarrar um copo que Manuel, o barman, ia passando para um outro anjo. Esse outro anjo deu um olhar irritado para Qayitz, mas Qayitz sorriu e disse alguma coisa em paradisíaco. O outro anjo se derreteu, e sorriu de volta.

— Olha, Paulo, vou te perguntar mais uma coisa. Isso do Pul eu até já esperava. Você tem muita coisa para fazer até de noite? Já preparou o seu discurso, não preparou? Quer fazer um favorzinho pra mim?

— Humm, sim — Paulo parecia meio hesitante.

Qayitz deu um gole na bebida e tirou uma chave do bolso, que estendeu pro Paulo.

— Vá até a Rua dos Figos Caídos (Nemyie Mamalemo Mur) e mostre o número 111 para o nosso amigo escriba aqui — apontou para mim. — Sabe onde é? Faz isso por mim? Que bom. O 111 é a casa que vai ser sua — ele disse para mim — se você aceitar escrever O Livro. Dê uma boa olhada na casa e depois me diga se não vale a pena.

Paulo ficou olhando a chave.

— Bom, eu sei onde é. E seria um prazer e tudo — sorriu de leve para mim —, mas não sei se tenho tempo.

— Eu posso ir sozinho se der trabalho — eu achei melhor dizer.

— Não, não. Ele tem tempo. Eu dou. Marinus Prikker, você tem todo o tempo do mundo. Mostre a casa para ele e depois o leve direitinho para a casa de Cupra. Quando chegarem lá tentem distrair o Júlio Dapunt até a noite. Número 111, Prikker — virou-se para mim, sorrindo. — Estou tirando você das mãos de Cupra porque ele é um péssimo guia. Sóbrio ele só serve para a matemática, mas quem quer saber de matemática? Eu não. Enfim, dê uma boooa olhada na casa. Pense bem. Você vai ter que colar em Júlio Dapunt da manhã à noite até que ele morra, seja lá quando isso for. Uma pitonisa de Marsupiais disse que vai ser em menos de um ano, no mês de Enoná, em plena Festa da Consagração do Linho. Eu não sei.

V

Paulo era um guia gentil, apesar da resistência, quase má vontade, inicial. Me levou até o saguão de baixo das Tapeçarias, onde vi o meu primeiro Mametino, gigantesco, cobrindo toda uma parede, e Paulo insistiu em "me explicar" a tapeçaria, dando explicações sociológicas, o que detesto. Falou sobre a atração de uma classe aristocrática de alienígenas sobre um artesão de gênio, sua tentativa de fixar para sempre uma festa aristocrática orgiástica, seus sentimentos ambivalentes, e, detalhe supremo — para Paulo —, um pária alienígena vestido como nobre, constrangido, ridículo, maligno. Havia ali gradações sutis de classe, observações válidas para qualquer parte do universo, etc. Tanto assim que se poderia ver no pária alienígena uma representação do próprio Mametino de Ancira, com seu embaraço por viver numa cidade de espíritos superiores a si próprio. Depois Paulo me levou até um corredorzinho escuro (epa).

— Preciso entregar o meu discurso para o Anjo da Introspecção.

Abriu uma porta de metro e meio de altura; lá dentro estava escuro como Plutão, exceto por dois olhos azuis que brilhavam, parecidos com duas bocas de um fogão aceso em um sótão.

— Me espera aqui um momento, está bem? — Paulo disse, e entrou.

Olhei melhor para dentro da sala. Havia uma leve fosforescência azul em torno do corpo do Anjo da Introspecção. Pálida, como uma aura. Ele estava sentado a cavalo em um pufe, ou uma pilha de livros, ou um caixote (não consegui ver), com as costas curvadas. Apanhou a folha que Paulo lhe estendeu com um movimento lento do braço. A luz que incidia em Paulo fez com que parecesse que ele estava perto de uma tela de tevê com a claridade diminuída.

— O discurso, Meu Anjo — ouvi Paulo dizer.

Paulo saiu e fechou a porta.

— O Anjo da Introspecção — disse Paulo, tocando no meu braço para indicar que devíamos ir andando. — Foi ele que nos trouxe a notícia. Ele vive na Nebulosa do Bruxo, mas tem esse quarto reservado para ele aqui. Ele passou todo o século XVIII trancado nesse quarto. Um século inteiro. Pensando.

— Em quê?

— Na mônada, no átomo, não sei. Ele pensa muito, mas não sei se chega a uma conclusão. É sempre assim. Conhece os versos de Yeats sobre os maus estarem cheios de convicção, e os melhores cheios de dúvida? Ele descobriu tudo sobre o Júlio Dapunt. Nos escolheu para lidar com o caso, ninguém sabe bem por quê. Talvez porque os anjos de Quaresmeiras tenham essa reputação de serem charmosos, terem encanto pessoal. Insistiu que o Júlio Dapunt devia ser avisado sobre o que ia acontecer com ele. Não deu motivo. Chama Júlio Dapunt de "a Coisa Não-Deus". Ele acha que Júlio

Dapunt é a única coisa do universo que não é Deus, porque seria inconcebível que Deus morresse. Não repita a expressão na frente do Júlio Dapunt, por favor. A Coisa Não-Deus.

— É claro que não.

Saímos do prédio. As ruas de Quaresmeiras Roxas são de grama, coberta de pequenas florzinhas roxas que caem das árvores. O sol era forte, mas havia sombra, e era um dia agradável para passear.

— Se importa de irmos pelo caminho mais comprido? É que eu sempre gosto de passar pela parte velha, o bairro dos anjos.

Naturalmente existem anjos que vivem fora do bairro velho, mas a maioria vive lá. Quando um espírito desasado se muda para o bairro velho, a rua tende a se desvalorizar. Assim são as coisas. Os Anjos não são anjinhos.

— E se as coisas não fossem exclusivistas desse jeito, Quaresmeiras não seria o que é. Qualquer um viria morar aqui — Paulo ia me explicando.

Foi durante aquela caminhada que comecei a compreendê-lo. E naquela época não sabia nada sobre o seu pai, que vivia com ele em sua casa de três andares em estilo isabelino. Era um velho filisteu, ignorante, um antigo dirigente de centro espírita que usava óculos de lentes verdes e desprezava os anjos. Paulo o amava, e se envergonhava dele. Era muito esnobe.

VI

A Nemye Mur é curva e tem mais figueiras que quaresmeiras. É um tanto escura, o que me agrada — mas há quem reclame. As casas são grandes sem serem gigantescas, em estilos variados, com jardins pequenos e quintais enormes que não dá direito para ver da rua.

— De noite, tem morcegos — disse Paulo, pulando três ou quatro figos caídos na grama para não sujar os sapatos.

A minha casa ficava quase no fim da rua. Tinha uma varandinha de ferro no primeiro andar, entrelaçada de damas-da-noite. No quintal havia um laguinho cercado de bancos verdes e pinheiros. Fiquei encantado, imaginando a mim mesmo lendo naqueles bancos, ou, santo Deus, com uma mulher. Lugar esplêndido para uma *garçonnière* de luxo.

Do outro lado da cerca havia uma enorme casa de tijolos, coberta de heras, e ouviam-se risos e o som de corpos mergulhando em uma piscina. Tudo parecia pacífico e agradável.

— É a casa da Grace Kelly? — perguntei, apontando para a casa de tijolos. Paulo disse que sim: "Os anjos gostam de a ter por perto."

Imaginei coisas. Perspectivas agradáveis para o futuro e tudo o mais. E tudo isso para escrever o livro que eu estou escrevendo agora, e que eu escreveria de qualquer maneira. No interior do meu coraçãozinho inocente e terno, já quase havia aceitado; só hesitava porque parecia haver alguma armadilha... ou pelo menos algum lado ruim na minha tarefa, que não havia visto e que ninguém havia me mostrado.

— Qual é a cilada, hein? — perguntei.

Paulo fingiu que não entendeu ou que não ouviu. Mas, no fundo, era simples de responder. Eles todos achavam que o contato prolongado com Júlio Dapunt ia fazer com que me apegasse a ele. E que, depois da sua morte, eu ia me tornar uma espécie de inconsolável viúva. Que ia passar a eternidade chorando a única morte do universo, em mortal melancolia sem remissão.

Falta de ética não me avisar.

Mas, enfim, sou um pouco insensível. Não me apego a pessoas. Sou como um gato nesse sentido, *un beau chat, fort, doux et charmant*. Me apego a casas com varandinhas de ferro e quintais com lagos cercados de pinheiros e bancos recém-pintados de verde só para mim e o riso de Grace Kelly voando por cima da cerca.

— Aquela é a casa de Choderlos de Laclos.

Olhei. Pela janela do segundo andar via-se um homem vestindo uma camisa polo cor de abóbora, de pé, conversando com alguém que não se via, tendo como fundo uma estante de livros e um papel de parede azul, com padrão, creio, William Morris.

— Pratico esgrima com ele todas as manhãs — disse Paulo. — E perco. Todas as manhãs.

E, para minha surpresa, tirou um estojinho de prata de um bolso interno do paletó, abriu o estojinho, pegou um pouco de um pozinho branco com os dedos e cheirou. Viu que eu estava olhando e me ofereceu. Eu recusei. Nada contra, só que não precisava. Para não embaraçá-lo mais, perguntei o que era aquilo no fundo do quintal, contra o muro, debaixo de umas árvores. Parecia um confessionário de madeira escura, meio podre. Ele me explicou que era uma capelinha da Igreja do Sagrado e Doce Mimo. Fomos até lá e ele abriu a portinha. Um morcego dormia dependurado na trave do teto. Mal cabia uma pessoa inteira, ajoelhada, lá dentro. Havia um altarzinho com uma velinha e flores secas. As paredes eram almofadadas, assim como o chão, e forradas de vermelho gritante. Havia compartimentos com saquinhos de amendoim e barras de chocolate, e um livro de luxo com fotografias de ninfetas, de um certo Cornelius Mória, fotógrafo erótico. No altar havia uma estatuazinha com a minha cara. Era eu, com uma ereção. Diga, quem é que precisa de drogas químicas?

Paulo procurou uma vareta para expulsar o morcego, mas não deixei. O sono é sagrado. E: para onde vão os espíritos dos morcegos, quando dormem no Paraíso? Para o mundo material? Talvez para a Amsterdã do século XVII? Milhões de espíritos de morcegos de todas as épocas, reunidos na praça De Dam, assustados, ofegantes, salivantes, começando a perceber que o universo é estranho.

VII

A casa era decorada em estilo gustaviano, em branco, bege e azul-claro. Um relógio carrilhão azul ficava entre duas janelas altas que davam para o lago. E havia uma sala de bilhar.

— Sabe que Mozart já morou aqui? — disse Paulo. — Três meses só, depois que morreu, mas morou. Foi ele que criou esta sala de bilhar. Hoje parece que vive em Júpiter, não no Júpiter material, claro, mas no Júpiter espiritual que coincide no mesmo espaço. Já vi uma fotografia dele num jornal, de calça de ginática bebendo limonada na varanda da casa dele na maior das cidades de Júpiter.

Na sala havia um retrato de Mozart, de peruca branca e casaco amarelo.

— A casa era de Pul. Ele tem o palácio dele no bairro velho, mas de vez em quando aparece o pessoal de limpeza, e ele não os suporta, daí ele vinha para cá, um dia ou dois. Agora a casa é sua se você quiser. Pul tem milhares de casas como esta aqui, ou melhores, até. Só em Quaresmeiras, tem três. E em certos planetas infernais ele tem cortiços, que ele aluga. Quem vai cobrar sou eu, escoltado pelo Guarda Nipoturco. O que se pode chamar de uma tarefa desagradável. Não reclamo, porque restabelece o meu senso de proporções.

Paulo gostava de se ver como alguém reservado, mas às vezes se esquecia disso e não parava de falar.

Sentamos na sala de estar, ambos cansados do passeio. Eu queria examinar com calma os objetos e os móveis, cada um dos quais, de tão bonitos e bem-feitos, na Terra estaria protegido por uma redoma de vidro, em um museu; mas o Paulo estava ocupado demais falando para prestar atenção na decoração. Falava *sobre* decoração. E, não me lembro como, Paulo começou a contar a sua vida, o que incluía a sua morte também, e o período *post mortem*.

— Acidente de carro na Rio-Santos. Ia com o meu pai para o Guarujá, visitar uma tia, numa Brasília. Em 77. Um ônibus Cometa vinha na direção contrária e invadiu a minha faixa. Eu ia voar pela janela, mas por sorte a direção se partiu e entrou nos meus intestinos e me segurou, preservando o meu rosto. Assim deu para ter um caixão aberto. Meu pai foi amassado nas ferragens, virou uma pasta. Mas a tia que a gente ia visitar, essa está vivinha, no Guarujá. Não é uma tragédia?

— Que ela esteja viva?

— É! — ele riu. Ficava vermelho quando ria.

Depois de uma pausa em que senti toda a estranheza do que ia dizer, eu disse:

— Bom, eu estou dormindo, na frente da minha lareira.

Mas ele nunca parecia notar muito bem a minha existência. Era mais ou menos como um irmão mais velho cheio de condescendência. Como era muito educado, disse, sorrindo:

— Você é o que se pode chamar de "espírito de pijama".

Mas voltou a falar de sua vida. Infância num internato católico, do qual foi tirado quando o pai se tornou espírita. Livros e brigas de rua. Achava o espiritismo sensato, mas os livros espíritas eram ilegíveis, "português de deputado cearense concorrendo ao Senado". Para chatear o pai virou comunista, do que se envergonhava infinitamente. Sua preocupação com os pobres, achava agora, era artificial e descabida. Deixou de ser comunista quando Kruschev denunciou Stalin, em 1956. "No fundo, foi um alívio." Se fixou num "liberalismo bunda-mole", que não o entusiasmava, como, naturalmente, não entusiasma ninguém; mas relaxava o espírito.

— A pobreza não me causava pena, mas me irritava, me enojava. Não aguentava olhar para a cara de gente pobre e ignorante, pelo horror de me imaginar sendo um deles. Uma verdade que eu nunca teria tido coragem de confessar quando estava vivo.

Ele, que estava sentado com as costas curvadas, de repente consertou a postura. Em pouco tempo, porém, voltou inconscientemente a curvar as costas, movimento que fiquei observando em vez de prestar atenção ao que ele dizia.

Quero deixar claro que gostava dele, e ainda gosto. Não acho que os seus pontos de vista sejam absurdos, e me identifico, até certo ponto, com o seu isolamento e com o seu esnobismo. Mas enquanto ele falava comecei a reparar numas coisas. Ele não conseguia ficar com as costas retas. E o paletó azul-escuro, que era da melhor qualidade, ficava amarrotado no corpo dele. O seu próprio corpo era robusto demais para ser elegante. A própria cabeça era redonda demais para ser elegante. O nó da gravata era dado no melhor estilo duque de Windsor, mas ele, distraído, coçava o saco através da calça enquanto conversava. Ele, distraído, nem mesmo reparava na decoração daquela casa, como não havia reparado, tenho certeza, no que Qayitz e Cupra estavam vestindo nas Tapeçarias. E no entanto teria sido capaz de falar durante horas sobre a importância das roupas e da decoração.

Pensando agora sobre isso, enquanto escrevo, acho que Paulo Marinus Prikker se conhecia pouco, e se definia mal, achando-se um esteta entre outros estetas, um dândi entre outros dândis. De certa maneira ele era um esteta, mas o que acontece é que ele não era visual, era verbal, embora não percebesse isso com muita clareza e eu, do alto da minha aguda percepção, perceba. E, não percebendo, continuava a tentar se vestir bem, coisa que acho que não conseguia, e continuava a falar de assuntos sobre os quais não podia ter muito conhecimento, como a decoração daquela casa, sobre a qual ele falava como um conhecedor, e na qual não parecia reparar nunca.

Quando voltei a prestar atenção no que ele dizia, ele falava qualquer coisa sobre duas ou três mulheres que haviam sido importantes na sua vida. Olhei para o relógio no meu pulso, mas não havia relógio no meu pulso.

— Eu apenas fingia trabalhar para agradar o meu pai, e para manter o cheque mensal entrando. Sair para a rua era sofrer. Me sentia como Des Esseintes se ele tivesse que tomar o trem da central. E o sofrimento não me causava nenhum prazer histérico. Afinal cansei de fingir que trabalhava e passei a ficar em casa lendo Occam e Duns Scotus. Meu escritor preferido era Henry Adams; meu livro preferido, responsável pelos melhores momentos da minha vida, *Suave é a Noite*, *Tender is the Night* — por que "suave" e não "terna"? O condomínio começou a apertar. Eu vivia num condomínio de luxo. Tive que me mudar para um apartamentozinho de merda, em Bonsucesso, que o meu pai alugava.

— Na primeira noite que eu fiquei lá, passaram uma carta debaixo da porta. Apanhei, era uma circular furiosa do síndico, reclamando contra o hábito dos condôminos de fazer cocô no elevador. Fiquei lendo aquela carta até que tive vontade de me matar — ele riu.

E de alguma maneira a sordidez daquela cena imaginada realçou a beleza da porcelana de Utrecht em cima de uma mesinha.

— Tive que trabalhar. Trabalhei fazendo correção de redação em um cursinho, durante oito meses. Era uma bosta. Graças aos deuses, morri naquela estrada (súbita mudança de tom:) — Ei, olha, Grace Kelly!

Me levantei com um salto maravilhosamente ágil e me aproximei da janela.

— Tarde demais, ela saiu do lugar.

Olhei para a janela da casa ao lado, tudo o que vi foi um homem de costas, usando um paletó cinza com remendos de couro nos cotovelos. Do quintal vinham risos, e um som que achei ser de bongô. Viam-se o canto de uma piscina, com a água ondulando, e um barquinho branco de brinquedo.

Respirei fundo.

— Bom, estamos de acordo então — eu disse. — Aceito a proposta.

O que não é surpresa alguma, já que, se não tivesse aceitado, não estaria escrevendo este livro.

Capítulo 3
A Coisa Não-Deus é informada

I

Pois, então, vamos ver Júlio Dapunt, pensei. A Coisa Não-Deus. Que tremenda responsabilidade ser a Coisa Não-Deus.

Andamos por ruas de grama salpicadas de flores roxas. A casa de Cupra ficava um tanto distante de Quaresmeiras propriamente dita, um tanto isolada. Como antes eu havia voado e não andado o caminho da casa até a cúpula das Tapeçarias, eu não tinha ideia da distância. No caminho encontramos um sujeito que vinha voltando do mar, vestindo *shorts* e chinelo, com gotas de mar escorrendo dos cabelos, e Paulo me disse que aquele era um antigo rei francês do século XIII, ele só não se lembrava quem, exatamente. Um desses chamados Pepino ou Martelo ou Toalha ou Maçaneta — algo assim. Não havia muitas pessoas na rua.

Por fim vimos a Casa de Cupra por cima da copa das árvores, o estranho amontoado de tubos de vidro contendo algo como suco de groselha brilhando ao sol do início da tarde.

— O que é aquilo mesmo? — perguntei.

— Escultura alcoólica — Paulo sorriu. Por princípio, gostava de qualquer hábito dos anjos. — Tem a ver com essa religião deles, o Mimo. Cupra passa o seu tempo se encharcando da bebida daqueles tubos, e vendo o brilho da bebida contra o sol que se põe e que se ergue. O objetivo é qualquer coisa como criar uma segunda personalidade que é a irmã mais nova da primeira. Não entendo muito bem disso tudo, não.

Entendo um pouco, depois que Santo Inácio de Loyola me explicou. Mas não sei se tenho o direito de contar muito. Para eles, existem duas raças de homens sobre a Terra: caçulas e primogênitos. Primogênitos dificilmente são felizes. São autodisciplinados e tendem à melancolia e ao autossacrifício. A Igreja do Sagrado e Doce Mimo acredita que o segredo da felicidade é tratar a todos não somente como se fossem o seu irmão, mas como se fossem o seu irmão mais velho. Não só pessoas, mas pedras e correntes de ar e abstrações também: tudo é primogênito para o Ego (esta última afirmação tendo sido feita pelo grande místico do Mimo, Mestre Panassian, *circa* 1312). A humanidade devia se considerar a caçula em relação ao "Irmão Mais Velho do Universo", entidade mítica que alguns identificavam com Sinufer, o herói de Quaresmeiras Roxas, que um dia havia vivido aqui e agora ocupava a Nebulosa do Bruxo.

Para os primogênitos, havia a doutrina da Transubstanciação — isto é, eles poderiam se tornar caçulas, se se esforçassem, fazendo uma personalidade II de caçula brotar da personalidade original. Cupra era uma personalidade típica de primogênito. Seu método para atingir o estágio caçula Casmiros era a bebida e a contemplação estética.

Nós o encontramos fazendo exatamente isso, na grande capela particular que ocupava o centro da sua casa, logo depois da sala de visitas cheia de Ruysdaels e paisagens chinesas. O criado de luvas de veludo vermelho e bigode de guidão, Johann, nos deixou entrar sem dizer palavra.

A capela era uma sala de teto de vidro. O jogo de luzes era espetacular. A gigantesca estrutura de tubos de vidro ficava suspensa a um metro da cabeça de Cupra, que estava sentado em uma cadeirinha de madeira, as asas coloridas iluminadas pela luz vermelha, que era filtrada pelos tubos transparentes cheios de licor. Cupra bebia de um pequeno tubo que descia até ele da estrutura, na ponta do qual havia um bocal de borracha. A sala toda estava avermelhada. As paredes brancas sem nenhum enfeite estavam avermelhadas pela luz e até as lajes vermelhas do chão estavam avermelhadas pela luz, e nós, eu e Paulo, os cabelos brancos de Paulo, e as minhas mãos.

Cupra se voltou para trás na cadeira, ajeitando os óculos com o dedo, e franziu o rosto para nos ver melhor.

— Ah, são vocês? Querem? — bateu com o dedo no bocal de borracha do tubo, para nos indicar do que estava falando. Nos olhava de um jeito um tanto petulante e insolente. Era o cabelo caindo um pouco para a testa e o ar de desafio, como se dissesse: que me importa se o ritual de um caçula abala dois espíritos desasados ou não? Olhei bem para ele para ver se ele era Já Casmiros ou Ainda Cupra, e achei que era Cupra no estágio larval de alguma coisa nova. Mas não conseguia saber com precisão.

Saímos da capela. Fomos para o quintal, não longe do corredor das araras, e nos sentamos debaixo de uma videira, em volta de uma mesa redonda. "Acho que nós todos merecemos uma bebida", falou Cupra, e chamou o criado. Mandou que ele preparasse três copos de qualquer coisa chamada "Freira Sangrenta", uma bebida deliciosa cor de sangue velho que nunca mais vi na vida.

Os cabelos de Cupra haviam crescido, e à medida que ele ia se tornando Casmiros cresciam mais. Mas o gogó continuava o mesmo.

— E o Júlio Dapunt? — Paulo perguntou, sentado rígido agarrando a pasta.

— Com Débora. Foram nadar na casa da Rainha Cristina.

Bebemos mais três Freiras Sangrentas. As araras gritavam "Piratas da Malásia!" e "Corfu à vista!" A Rainha Cristina, a 500 metros de distância, de vez em quando gritava palavrões mandando as araras calarem a boca. Johann ficava sorrindo cinicamente para ela, através das quaresmeiras. As araras gritavam, em francês: *Putaine! Putaine!*

Bom, para encurtar, Cupra ficou sonolento, deitou de comprido em três cadeiras, ia dormir quando mudou de ideia e, meio dormindo, sem se levantar, tirou o pau para fora do manto e começou a mijar no tapete. Johann correu desesperado com um copo e recolheu a urina nele; encheu o copo e depois outro, e depois outro. Eu e Paulo ríamos, ambos um pouco bêbados. Cupra dormiu. Johann entrou para pegar um pano, deixando por um momento os três copos cheios enfileirados em cima da mesa. Atrás deles, o sol se punha.

II

Débora chegou dali a pouco. Era uma mulher pequena, quase uma garotinha, de nariz e boca também pequenos, os cabelos castanhos molhados, vestindo um roupão cor de vinho e com uma toalha branca na mão. E chinelos de plástico. Veio de braço dado com um homem de cerca de 60 anos, feio, com um jeito meio matuto. Esse sujeito usava óculos de aro de tartaruga, com lentes de cor verde, e sandálias de couro que deixavam à mostra unhas do pé crescidas, rachadas e sujas. Tinha um livrinho na mão.

Depois que os dois atravessaram o corredor das araras, Paulo se levantou, parecendo meio constrangido.

— Paulo, olha só quem encontrei no caminho — disse Débora. — O teu pai!

Acho que fiquei meio apaixonado por ela, naquela tarde. Ela veio apertar a minha mão, e Paulo nos apresentou, e a mãozinha dela era fria. O sotaque era português; na última encarnação ela havia sido uma judia de Lisboa forçada a se converter ao cristianismo, durante o reinado de D. João V. O efeito do sotaque nela era um pouco engraçado; ainda mais porque ela falava rápido. A ponta do narizinho se mexia quando ela falava.

— Ora olá, você veio ser o biógrafo do Júlio, não veio? O repórter do Além? O Livingstone do Paraíso?

Ela viu a pose em que Cupra dormia e, franzindo as sobrancelhas, baixou o manto dele até que ele ficasse decente. Depois o pai do Paulo, Sr. Hermelindo, apertou a minha mão, e a mão dele era áspera e quente, e o "Prazer" dele era quase uma ameaça.

Paulo estava surpreso de vê-lo ali, porque o pai quase nunca saía de casa. Não sorriu para o pai, nem o pai sorriu para o filho.

— O nosso anfitrião deve estar cansado — disse o Sr. Hermelindo. A voz dele era forte, grossa, com boa dicção, e desagradável. Ele viu os copos em cima da mesa, não os copos de mijo, esses Johann havia levado, mas os muitos copos de bebida, e entendeu.

— O nosso anfitrião é uma vergonha como anfitrião — Débora disse, cutucando Cupra. Cupra tentou abrir os olhos e quase não conseguiu. Ajudei Débora a levantá-lo.

— E o Júlio Dapunt, Débora? — Paulo perguntou. — Qayitz me disse que ele ia estar aqui.

— Está com a Cristina — ela queria dizer a Rainha Cristina da Suécia, a vizinha mais próxima. — Pode deixar, eu me viro com ele, obrigada — ela disse para mim, sorrindo, e se referindo a Cupra: — Vou fazê-lo trocar de roupa e já volto. Não demoro, está bem? Vocês fiquem e terminem o vinho.

Ela era minúscula perto de Cupra, e quase sumiu dentro das asas dele enquanto o apoiava no caminho para dentro de casa. Sumiram. Uma arara gritou, muito distintamente, no silêncio que se seguiu à saída de Cupra: "Degolem esse merda!".

O Sr. Hermelindo disse para Paulo:

— Soube que você vinha para cá, e vim mais do que correndo. Contaram-me uma história absurda. Não é possível que você acredite nisso.

— No quê?

— Como é mesmo o nome do rapaz? Júlio Dapund, Dapunt, Dupont? Muito me espanta que você acredite nisso, meu filho. Um homem inteligente, culto. Como seria possível que Deus permitisse uma coisa dessas? Leia Allan Kardec. Leia o *Livro dos Espíritos*. Aliás, trouxe um livrinho do médium mineiro Odivaldo Lima e até marquei as páginas porque gostaria que você lesse um trechinho. É curto. Preste atenção, vou ler para você. Quem quiser ouvir... — ele convidou, olhando para mim.

Ele olhou em volta para ver onde podia se sentar e sentou numa cerquinha de madeira, abrindo um livrinho em cuja capa se via um homem de bigode soltando uma pomba azul no ar. Ele próprio, de vez em quando, "descia" até centros espíritas em São Paulo e ditava a um médium psicógrafo um livrinho chamado *Minutos de sublime dor*. Paulo suspirou.

— "Numerosos são aqueles que descreem dos desígnios do nosso Pai celestial" — começou a ler o Sr. Hermelindo — "Prouvera, outrossim, que nos lembrássemos de que a confiança nos desígnios das esferas superiores é-nos sempre acessível..." — ele pronunciava "axecível".

— Pai, tudo bem — Paulo interrompeu —, mas você não falou nada para o Júlio Dapunt, falou? Ele não sabe de nada ainda.

— Mas o que há para falar? Essas infelizes criaturas zombeteiras que andam com você e que você chama de espíritos superiores estão obviamente enganadas. Ou estão fazendo você de tolo. Não, não falei nada. Agora ouça. "A confiança nos desígnios das esferas superiores é-nos sempre acessível, conquanto numerosas vezes nossas mentes incrédulas..."

Johann surgiu e perguntou ao Sr. Hermelindo se ele queria uma bebida.

— Nunca bebo fora das refeições — o Sr. Hermelindo respondeu bruscamente, e voltou a ler o livro em voz alta.

Johann deu de ombros e desapareceu por uma porta.

III

A noite de verão, calorenta, com mosquitos, começou enquanto estávamos no corredor das araras. Um perfume forte e fantasticamente doce vinha com a brisa. Débora reapareceu, vestida quase como uma cirurgiã, inclusive com uma toucazinha de cirurgião, e uma máscara de rosto descansando no pescoço — tudo de seda vermelha. Era a moda daquele verão no Paraíso. E, de mãos dadas com ela, ou de braço dado (não via direito porque a manga do casaco dele cobria), vinha Casmiros. Vestido de preto, sem enfeites, o que dava um efeito ao mesmo tempo solene e elegante. Impressionava. Impressionaria mais se ficasse de boca fechada, mas sorria e dizia incoerências. Parecia mais leve, mais feliz. Ele estava espetando o dedo indicador — usava longas luvas cor de vinho — no ombro de Débora, dizendo "e pelo amor de Netuno é preciso que todos parem de dizer Scott Fitzgerald. Não se deve dizer Scott Fitzgerald. Ninguém que conte diz Scott Fitzgerald. É a marca distintiva do plebeu, como os modos do Sr. Hermelindo aqui. É F. Scott Fitzgerald que se fala. Dizer Scott Fitzgerald é mais ou menos como dizer "o divino

Mozart". "O Poetinha." "O Bruxo do Cosme Velho." Ou como ouvir uma poesia ser lida em voz alta e dizer "que loucura!".

— O alcoolismo é um espetáculo triste — cochichou para mim o Sr. Hermelindo, com mau hálito

— Vamos sabe o quê? — Casmiros continuou. — Vamos publicar um panfleto alertando os povos da Terra contra os sutis, sim porque são sutis, mas nefastos, nem mais nem menos, nefastos perigos estéticos que existem em se dizer Scott Fitzgerald. Ou tomar chá com o dedinho levantado. E então, hein, Deborazinha?

Deborazinha riu, alegre e sóbria, e para mim, naquele corredor de araras, naquela noite de verão cheia de mosquitos, ela parecia a pura essência destilada do charme de todas as mulheres pequenas, Audrey Hepburn cantando *How Long Has This Been Going On* em *Cinderela em Paris*, Martina Hingis aos 16 anos, Colette aos 20.... Ela se desvencilhou de Casmiros e veio até mim.

— Quer me fazer um favorzinho? — ela se pendurou no meu braço, aproximou a boca da minha orelha, senti o hálito doce fazendo cosquinha. — Na verdade é um grande favor. Quer me livrar do pai do Paulo? Ele não desgruda de mim e quer a toda força ler um livro em voz alta pra mim e quer que eu ouça e reflita. E ele não para de me chamar de senhorita.

Ri, ela voltou a cochichar, e imaginei durante quatro segundos, ó dulcíssimos quatro segundos, o que seria sentir aquela linguinha, que imaginava oh vermelha e úmida, na minha orelha. Ela cochichou: "E além disso ele me viu com o Júlio Dapunt e ficou todo escandalizado. No caminho para cá pensei que ele ia me fazer um sermão sobre o adultério." Ela fez beicinho. Ela cheirava a banho tomado. "Bom, se o Júlio Dapunt vai desaparecer, meu Deus, ele merece qualquer coisa. Até você não dava para ele, se ele pedisse?"

Ela esperou, quase inteiramente séria, que eu respondesse. Resmunguei alguma coisa.

— E, então, vamos? — disse Paulo, fazendo um barulho nervoso com as chaves dentro do bolso.

O Sr. Hermelindo ia dizer alguma coisa mas Casmiros interrompeu:

— Vamos, vamos, que remédio. Ora se não vamos. Oooo.

Abriu os braços em cruz e saiu correndo pelo corredor das araras, depois voou um pouquinho. Parou no meio do corredor, arrancou uma orquídea roxa de um vaso e colocou, com muito cuidado, fazendo uma careta de concentração, na lapela. Abriu de novo os braços em cruz e disse, numa voz zombeteira: "Uma flor para uma flor." Depois piscou um olho.

Andamos em silêncio por um caminho de cascalho iluminado de quando em quando por lampiões. Eu andava todo esticado e orgulhoso por dar o braço para Débora — *un chevalier sans peur et sans réproche*. Ao longe via-se a cúpula, agora iluminada, das Tapeçarias. Ainda mais ao longe via-se uma coluna iluminada, com um homem, a estátua de um, em cima. Débora me disse que era a Coluna de Sinufer, construída no lugar da antiga casa de Sinufer, na qual ele morava antes de partir para a Nebulosa do Bruxo. Sinufer era um herói local. Débora começou a me falar sobre ele; me reclinava na sua direção, mais do que era preciso, para ouvi-la melhor. Sinufer havia fundado Quaresmeiras Roxas. Havia fundado o próprio conceito de Charme. Antes dele, o conceito de Charme simplesmente não existia no universo. Havia sido um anjo rebelde do Antigo Egito, dandinesco, frívolo, com um encanto pessoal inacreditável. Havia abalado os espíritos avançados da época por defender a preguiça, a luxúria e a gula, e por colocar o refinamento estético acima do intelecto e da bondade (naquela época, isso era uma novidade).

De repente Casmiros parou.

— Vamos voando — disse.

— Tem certeza de que não somos muitos para você carregar? — perguntou Débora.

— Não é melhor deixar para lá, Meu Anjo? — disse Paulo. — Não quero despentear o cabelo.

— Foda-se, você. Eu quero ir voando! — Casmiros bateu com o pé no chão. — Numa noite dessas de que vale ser um belo e esplêndido anjo se não se pode voar por aí com a minha Deborazinha? Johann!

Silêncio.

— Johann!

Dali a instantes o criado apareceu correndo pela estradinha de cascalho, "chamou, Sr. Meu Anjo?" — "chamei, traga uma correia adaptada para quatro pessoas",

Casmiros disse. E em questão de dois minutos estávamos voando pela noite de verão, sentados em uma espécie de balanço de playground com amarras de couro no peito, Casmiros flap-flap acima de nós, penosamente. Uma gota de suor dele caiu da testa, voou no vento e foi cair no meu olho esquerdo, que ardeu, e eu pensei que ia chover. Débora segurava a touquinha de seda vermelha na cabeça para que ela não saísse voando. A lua, cheia, bem branca, apareceu. Ou pelo menos eu reparei nela pela primeira vez.

IV

Enquanto parávamos durante um momento no alto do domo, em um beiral de mármore de um metro de largura, Débora disse "está ouvindo?" para mim. Só ouvia o vento; mas, quando o vento parou, consegui ouvir o mar, a três quilômetros de distância.

Uma vez dentro da cúpula nos livramos das correias de couro. Casmiros suava e sorria de orgulho por nos ter aguentado:

— Carreguei quatro, hein? Isso é o que se chama de heroica vontade de potência, ou qualquer coisa assim. Humm? Paulo, olha lá o palafreneiro ou seja lá qual for o nome da função ignóbil dele. Entrega essas correias para ele guardar.

Ao longe via-se um velho desasado apoiado em uma porta; na sala atrás dele viam-se cabides cheios de mantos cobertos de diamantes, chapéus tricornes e pelo menos duas cotas de malha. Paulo, que estava penteando seu cabelo branco com cuidado, fez um gesto para o velho vir apanhar as correias de couro, e quando o velho se aproximou sorrindo Débora me disse: este velho foi o pai de uma garota na Sardenha do século XVIII, e os anjos dizem que ela foi a garota mais cheia de encanto e charme de todos os tempos, e como recompensa pelo velho tê-la educado daquele jeito, os anjos lhe deram uma casa no Paraíso e este emprego de guardador de casacos de anjos.

O velho Benito apanhou as correias de couro e falou algo em paradisíaco, com um sotaque italiano que até eu, bárbaro que não falava uma palavra da língua, percebi. Era um velho de barba branca e olhos cinzentos. Um grande artesão de espíritos, Débora me garantiu — a partir da educação obscura de uma garota na Sardenha havia cativado os anjos de Quaresmeiras Roxas, naquilo que eles valorizavam acima de tudo, mais que a bondade, embora valorizassem a bondade, e mais que a inteligência, embora valorizassem a inteligência — a parte externa do refinamento interno: charme. E vocês pensam que é pouca coisa, ser guardador de casacos e mantos e cotas de malhas e chapéus tricornes de anjos? Não é; é uma sinecura; e é uma função cheia de prodígios. Benito está cheio de histórias para contar: Santo Anselmo e suas brincadeiras de mão, o Almirante Nelson e as quatro bruxas gregas, a noite em que Richard Burton e doze mulheres muçulmanas fizeram uma orgia no alto da cúpula (o velho Benito teve que ajudá-las a subir e a descer). E todas os Grandes Nomes que ele havia visto passar naqueles largos corredores.

— Ele disse para nós fazermos silêncio porque a sessão já começou — disse Débora.

— Nós vamos ser a própria encarnação do silêncio — disse Casmiros, inflando as asas, lançando a cabeça para trás e arregalando os olhos, para fazer pose.

Benito abriu uma grande porta de madeira para nós, e quando a porta abriu ela fez nhec-nhec.

E agora eu, o Biógrafo, hesito em continuar a escrever. Como vou descrever esta cena? Os oitocentos anjos reunidos em círculos concêntricos, com a Coisa Não-Deus em pé, no meio, em um estrado? Preciso de uma pausa para extrair todas as forças da minha Bic mística.

V

A sala era circular. A parede era coberta desde meio metro do chão até vinte metros de altura por um único tapete de Mametino de Ancira, que dava a volta no auditório, deixando apenas uma estreita porção de parede a descoberto. Nessa porção, do lado oposto da porta pela qual entramos, a mais ou menos quinze metros de altura, havia um único camarote, coberto por um dossel, com tudo às escuras, e dois olhos brilhando como chamas azuis em fogo baixo. Era o camarote do

Anjo da Introspecção, o representante de Sinufer. Ele apenas assistia em silêncio, sem dar sinal de vida.

No centro da sala havia um estrado de madeira, elevado, no qual estava Júlio Dapunt, de pé. Ao seu redor círculos concêntricos de Anjos sentados; e o que era estranho é que os círculos de cadeiras não estavam no mesmo nível, nem subiam nem desciam em ordem, mas subiam e desciam sem ordem, ondulando, como morros. Os anjos mais longos sentavam nos círculos mais baixos, e os mais baixos, nos círculos mais altos, de modo que as cabeças dos anjos pareciam subir, progressivamente, à medida que os círculos se afastavam do centro.

— Vou sentar no quarto círculo — disse Casmiros. — Vocês sentem no segundo círculo, se tiver lugar.

Dei a mão para Débora para ajudá-la a subir uma porção de degrauzinhos em madeira, que rangiam. Tínhamos que subir e descer para chegar até o segundo círculo, que ficava bem no alto, ocupado por anjos baixos. Alguns anjos nos olhavam feio por chegarmos atrasados (notei, aliviado, que não éramos os únicos). Alguns anjos eram de meter medo. Especialmente os altos, com caras compridas de cavalo, vestidos de azul-escuro. Enquanto nós tentávamos alcançar o nosso lugar, subindo e descendo degraus, um desses anjos compridos falava em paradisíaco, se dirigindo a Júlio Dapunt. Tentei dar uma boa olhada no Júlio Dapunt, mas quase caí do alto de um lance de escadas, quase fiz Débora cair também, e desisti. E a mãozinha fria de Débora na minha mão, a ponta dos seus dedos na minha palma, me parecia mais interessante que a minha Missão.

Então me sentei no meu lugar, e estremeci, e me reconciliei com a minha Missão. Em primeiro lugar, fiz uma careta ao ver que não ia sentar ao lado de Débora, a qual não havia conseguido salvar de sentar ao lado do Sr. Hermelindo. Me sentei ao lado de Paulo. Depois, olhei para o Júlio Dapunt e me senti culpado por ter pensado tão pouco nele e na sua tragédia, sim, essa é a palavra, acho que é apropriada no caso, hein? Olhei bem para ele e senti o horror da situação. Ele ainda não sabia do que se tratava.

Ele estava lá, no estrado, mais alto do que nós, em pé, com as mãos nas balaustradas. Usava um pijama azul-claro ridículo, de mangas curtas, apertado demais para ele. Estava descalço e tinha pezões enormes. As pernas não tinham pelos e pareciam de mulher — as canelas brilhavam. O quadril era largo, mas os ombros eram estreitos, os braços compridos e desajeitados, as mãos quadradas e fortes. Acho que já disse que ele era loiro. Mas era um pouco feio, porque a boca parecia larga demais, com lábios escuros demais; parecia um sapo. Não era horroroso, e dependendo do ângulo talvez passasse por bonito, não sei. Não havia nada fora do comum nele. Parecia feiozinho, gentil e tímido.

Ele encarava o anjo que falava com ele com a maior das atenções, mas é claro que não entendia uma palavra. Não sorria mais. Os olhos eram verdes.

Paulo, sentado na cadeira à minha esquerda, se levantou e falou:

— O anjo Iax acaba de expressar nossas boas-vindas ao Paraíso. Ele disse que de agora em diante o Paraíso é sua casa, e pediu que você realmente se sinta como se estivesse mesmo na sua casa.

Júlio fez um sinal com a cabeça, para indicar que havia entendido.

— Bom, obrigado, então.

— O anjo Iax também pede que você se prepare para uma má notícia.

Paulo disse isso sem hesitar, e depois se sentou, começando a procurar o seu discurso dentro da pasta. Tirou uns óculos pequenos do bolso do paletó e pôs no rosto, remexendo os seus papéis. Parecia muito calmo, enquanto todos os anjos olhavam para ele e esperavam. Júlio Dapunt também olhava para ele, e também esperava.

Dois anjos saíram da sala, indignados com o que ia acontecer e reclamando em voz alta.

O anjo sentado à minha direita, de aparência mongólica, me passou um bilhetinho, e no verso do bilhetinho eu li: PARA MARINUS PRIKKER. Demorei um pouco para me lembrar que esse era o nome de Paulo, e depois passei o bilhetinho para ele; ele leu, mexendo os lábios, resmungou "Essa é boa!", e olhou sorrindo irritado para o camarote do Anjo da Introspecção.

— Que foi? — perguntei. Tinha que saber de tudo, sou o homem do Verbo, certo? Sou a testemunha da

Morte de Júlio Dapunt. Sou a testemunha da Única Morte. Meus olhos viram. Meus ouvidos ouviram.

Paulo me deu o bilhete e li:

"Seu discurso não serve. Não o leia. Preparei outro para você, um tanto mais direto. ANJO DA INTROSPECÇÃO."

Também olhei para o camarote do Anjo da Introspecção e só vi aqueles olhos no escuro. Era difícil saber para onde ele estava olhando.

O anjo mongol do meu lado me passou uma pasta, que passei para o Paulo Marinus. Paulo suspirou, abriu a pasta fazendo o elástico dela bater com barulho contra a capa, tirou três ou quatro folhas datilografadas, grampeadas no canto superior direito, e começou a ler em silêncio.

Débora sorriu para o Júlio, acenando. Ele acenou de volta, sorrindo; mas logo parou de sorrir. Trocava o peso do corpo de uma perna para a outra. Paulo lia mexendo os lábios, com os óculos na ponta do nariz.

— Isto parece mais uma piada — eu o ouvi dizer. Depois suspirou e se levantou da cadeira.

Começou a ler:

— Júlio Dapunt: nós, anjos, temos uma boa e uma má notícia. A boa notícia é que a vida não acaba com a morte do corpo. Existe vida após a morte, Júlio Dapunt, e deste outro lado as pessoas continuam a viver como viviam antes, e na verdade bastante melhor. Aqui existem lagos e anjos e mulheres e cidades e comida e cinema e animais. Este é um Grande Universo Espiritual que nunca vai acabar. Nem mesmo quando o universo físico conhecido começar a encolher até implodir. Do lado de cá sempre vai haver Vida e lagos e mulheres e mansões e cinema e anjos. Sempre.

Paulo fez uma pausa e olhou bem nos olhos de Júlio Dapunt antes de continuar:

— Essa é a boa notícia.

Daí virou uma página do discurso, esperou um pouco e prosseguiu:

— A má notícia é que com você é diferente. Existe vida após a morte, sim; para todos os seres existentes menos você. Seu espírito é o único espírito mortal que existe. Quando você morrer, você vai deixar de existir. É com horror que tomamos conhecimento deste fato, e nos custou muito a decisão de contar isto a você. Não entendemos como isso foi acontecer e lamentamos muito, mas o seu espírito é defeituoso de alguma maneira. A natureza é cega e muda e não temos ninguém a quem pedir explicações.

Paulo levantou os olhos do papel e olhou para Júlio. Eu também. Todo mundo olhou. Ele estava com a boca meio aberta, todo apoiado na amurada do estrado, e não disse nada. De onde estava ele parecia alguém a bordo de um navio se despedindo de mim no cais, só que, claro, ele ainda não estava se despedindo.

Bom, suponho que o objetivo de me pedirem que escrevesse o meu Testemunho é saber quais foram os meus sentimentos, quais foram os sentimentos de um ser humano que estava lá e viu tudo. Bom. Meu sentimento foi banal e óbvio. Senti pena. Para piorar tudo, o pijama dele era curto e ridículo. E senti horror. Aquela era um tragédia cósmica que eu teria preferido não conhecer.

Puxa, que azar, hein? Desculpe o mau jeito. Nós não vamos estranhar se você ficar meio zangado, viu? Acho que você se sente meio injustiçado, não é? Também, pudera. Mas, sabe, a culpa nem é nossa — nós só descobrimos a bomba.

Olhando para a cara do Júlio Dapunt, não dava para saber se ele havia entendido a situação direito. Parecia impassível. Não com medo, nem triste — só tímido. Paulo continuou:

— Gostaríamos de apresentá-lo ao grande astrônomo, Dr. Gaston Cluny, que vai nos explicar como descobriu tudo. Monsieur Gaston, *si vous voulez*...

Paulo se sentou. Um velhinho de barba amarela subiu no estrado e apertou a mão de Júlio, que involuntariamente sorriu para ele. Deu uns tapinhas no ombro de Júlio, que era muito mais alto do que ele, e depois começou a discursar para os Anjos.

Olha, antes de dizer como foi o discurso do Dr. Gaston, deixa eu acabar com um boato cretino que andou circulando por aí, às vezes na forma de piada. Tem gente que nem estava lá naquela noite e jura que, depois que o velho apertou a mão de Júlio, limpou a mão nas calças, com discrição, como se tivesse medo de se contaminar. É mentira.

VI

O Dr. Gaston Cluny começou falando da sua solidão no observatório astronômico e espiritual de Lagrange, no satélite Lagrange, que gira em torno de um planeta de metano gelado a quatorze minutos-luz de Z Camelopardalis. Um telescópio Etchinson com lentes Cassagne, desses que focalizam espíritos e os traduzem visualmente como pequenos pontos azulados, era a única coisa que o ocupava naquele buraco fétido e esquecido pela civilização. Um dia apontou o telescópio para a Terra.

Nesse ponto do discurso as luzes do salão foram apagadas e um slide foi projetado num ponto da parede acima do tapete Mametino. Mostrava a Terra como um círculo escuro e mal focalizado, com manchas de luz azulada em toda parte, como se alguém tivesse queimado partes do slide com um isqueiro. Eram grandes blocos de espíritos na China e na África, segundo o Dr. Gaston, e na Índia, acho. E o Paquistão, talvez. Era difícil distinguir qualquer coisa naquele mapa de luzes, principalmente para alguém (como eu e quase todo mundo) acostumado a ver apenas esses mapas irreais chamados de mapa político, de relevo, vegetação, etc.

O slide nº 2, mais aproximado da Terra, mostrava a região da Grande São Paulo. Era uma única mancha azulada, e mais nada.

Foi por acaso que o Dr. Gaston havia apontado o telescópio para aquele ponto. Era uma aglomeração de espíritos. Nenhuma outra informação podia ser extraída daquele slide, como que tipo de espírito predominava nessa região, ou se eram felizes, ou perturbados, ou ressentidos. Um telescópio Etchinson não distingue Jesus Cristo de Silvana Mangano.

Mas o Dr. Gaston, por puro capricho (uma confissão que ganhou a simpatia dos anjos presentes), quis ampliar a fotografia da região até conseguir ver pontos individuais. Escolheu arbitrariamente a região 4C-NN00 e ampliou. Esse era o slide nº 3. No canto direito havia duas manchas escuras, que eram as represas Billings e Guarapiranga (ou Guarrapirrangá, como *Monsieur le Docteur* pronunciou). O resto era uma única mancha azul. Quase não se viam pontos individuais, mas havia um pontinho vermelho, que pensei que fosse um defeito do slide, bem na margem da fotografia, quase saindo dela. O Dr. Gaston chamou a atenção para esse ponto com uma varinha de madeira.

O ponto vermelho intrigou o Dr. Gaston, que resolveu fazer uma ampliação da área 4D-CCOO. E com isso passamos ao slide nº 4.

Nele o ponto vermelho era uma bolinha isolada no meio de bolinhas azuis. Na verdade, como os assistentes do Dr. Gaston descobriram mais tarde, aquela era a região do Brooklin, e o que aquele slide mostrava era Júlio Dapunt dentro do Shopping Morumbi, numa tarde de sexta, agachado entre as estantes de uma livraria e lendo, meio escondido, um livro (soube-se mais tarde) de Anaïs Nin. O ponto vermelho estava meio esverdeado na borda direita, porque um outro espírito qualquer, vários andares acima, no estacionamento do shopping, estava mais ou menos no mesmo lugar (esticando a perna para sair do carro, talvez) e as imagens tinham se sobreposto.

A questão de o que significaria aquela cor vermelha não era um grande mistério. Já havia sido teoricamente respondida por Oesterley, em 1947. Ele havia observado que um telescópio Etchinson mostrava espíritos como pontos não uniformemente azulados; na verdade, com uma variação sutil, havia gradações de azul, diferenças individuais. Algo a ver com a maneira com que a energia flui dentro do espírito. Uma tonalidade não era "pior" do que a outra. "Mas", Oesterley escreveu, numa nota de pé de página que se tornaria famosa, "se encontrássemos um espírito avermelhado ou talvez mesmo vermelho, teoricamente falando, teríamos nos deparado com um espírito cujas energias estariam num processo acelerado de escape, e que não seriam repostas pelo sistema defeituoso. Esse indivíduo não teria energia suficiente para sobreviver ao próximo processo de desencarnação."

Isso havia sido apenas uma nota de pé de página em um artigo, uma brincadeira intelectual, mas aqueles que haviam sido alunos do carismático Dr. Oesterley na Universidade de Paris IV no plano astral se lembram de suas brincadeiras sobre o "Homem Vermelho de Oesterley". O Dr. Gaston havia sido aluno de Oesterley, e lamentava não poder comunicar a sua descoberta do "Homem Vermelho" ao antigo professor, que havia reencarnado no Canadá no final da década de 1980. O Dr. Gaston havia reunido seus assistentes em uma sala do observatório Lagrange e disse a eles o que aquele ponto vermelho significava.

— Foi uma noite lúgubre — disse o Dr. Gaston, usando a palavra francesa *lugubre*. Havia informado à comunidade científica a respeito da descoberta, e era aí que a sua responsabilidade terminava. E com isso terminou o discurso. Desceu do palanque em silêncio, mordiscando a barba amarelada.

As luzes foram acesas. Júlio Dapunt ficou piscando. Ficou piscando, e não fez mais nada. E mordeu o lado interno da bochecha, sim.

Paulo se levantou mais uma vez, e disse:

— Sabemos que não há reparação possível para a sua situação trágica (foi nesse momento, quando ele ouviu a palavra "trágica", que Júlio Dapunt sentiu em cheio o horror da situação, segundo ele me disse mais tarde; mas continuou olhando para o Paulo com um leve sorriso de interesse), mas a Comunidade dos Anjos decidiu que está disposta a tudo para compensá-lo. Júlio Dapunt, Quaresmeiras Roxas foi escolhida para recebê-lo por ser um dos paraísos mais humanamente inteligíveis. Tradicionalmente, sabemos fazer as pessoas passarem um tempo agradável, para dizer o mínimo. Existe muito que podemos fazer. Acreditamos que você ainda tem quarenta e poucos anos de vida (isto, mais tarde, se provaria completamente falso); acreditamos que podemos lhe dar quarenta e poucos anos de êxtase. Todo o Universo colaborará para fazê-lo feliz pelo tempo que lhe resta — ele repetiu, olhando para os anjos à sua volta, num certo tom de ameaça: — Todo o Universo colaborará.

Naquele saguão, a palavra "colaborará" soava como o nome de uma Cobra mítica do início dos tempos.

Júlio Dapunt continou sem dizer nada. Tirou remela dos olhos, devagar. Percebi que ele era um pouco barrigudo.

Alguns anjos se levantaram e foram falar com ele, mas a maioria começou a ir embora. Olhei para o camarote do Anjo da Introspecção: os olhos dele ainda brilhavam no escuro, como dois guardinhas fumando em um camarote abandonado, e pensei irritado: "satisfeito?". Porque ainda me parecia um erro estúpido informar o garoto da situação. Mas o Júlio Dapunt simplesmente não teve reação alguma. Estava lá no estrado, ouvindo o que alguns anjos lhe diziam.

Débora me segurou pela mão e foi me arrastando entre círculos de cadeiras, para cima, em direção ao estrado. Júlio deixou de prestar atenção no que um anjo de manto listrado dizia para ele e sorriu para Débora — olá, Deborazinha — como se nada tivesse acontecido.

— Isto tudo é um sonho, eu já sei — ele disse, abrindo os braços e se balançando como se estivesse tentando se equilibrar em uma prancha de surfe. Bêbado por simplesmente acreditar que estava sonhando. Débora beliscou de brincadeira a barriga dele e ele abaixou os braços, com cócegas.

Casmiros apareceu pulando a cerca do estrado, e trocou com Débora um olhar que não queria dizer nada de especial além de embaraço. Casmiros falou alguma coisa para o Júlio Dapunt, não me lembro o que, uma banalidade, e Júlio Dapunt não respondeu. Casmiros e Débora começaram a falar sobre ele como se ele não estivesse ali.

— Não deviam ter contado para ele, eu acho um absurdo, não tem o menor sentido 1— ela disse.

— Eu também acho. Mas agora já foi. Talvez ele pudesse esquecer tudo. Ele parece bêbado, alguém deu alguma coisa para ele?

De repente, sem mais nem menos, Júlio Dapunt sorriu e disse "êêêêêêê" e começou a dançar e a se retorcer e a rebolar.

— Tudo isto aqui é um sonho e eu posso fazer o que eu quiser! — disse.

Ele riu e agarrou Débora, e jogou o quadril contra o quadril dela, indecentemente, e ela riu para ele, e ele tentou beijar a sua boca, mas errou e beijou mais em cima no nariz.

— Estou certo ou errado? — disse ele, olhando direto nos olhos dela.

Bom, essa foi a reação dele. Não foi nenhum escândalo. Todos nós ficamos vagamente reconhecidos por ele não choramingar.

VII

O que me lembro do resto da noite foi o passeio tranquilo que fizemos pelas ruas de Quaresmeiras Roxas. Eu, Casmiros e Débora andamos em silêncio por ruazinhas de cascalho iluminadas por lampiões. A certa altura Débora veio até mim e segurou o meu braço, em silêncio. Havia casas com luzes acesas e grupos de dois ou três anjos conversando em jardins, e uma rápida visão de pessoas mergulhando em uma piscina no fundo de um quintal. O contato, suave, bom, da luvinha de seda vermelha de Débora, no meu braço, tomava muito da minha atenção.

Quando nos afastamos das casas e entramos no bosque, lembro que Débora começou a recitar, incoerentemente, e baixo, só para mim, *Music, when soft voices die*... Isso não tinha a menor aplicação à situação; ou pelo menos eu não via a menor aplicação; ainda não vejo; mas me pareceu perfeito.

Foi então enquanto caminhávamos que comecei a sentir o sangue correndo nas veias do meu espírito e os grupos musculares se contraindo, pulsando, e absorvi as quaresmeiras do caminho dentro de mim, em júbilo pelo fato de estar vivo, exceto na minha consternação pelo pobre Boi Sacrificial, Júlio Dapunt, o Homem Vermelho de Oesterley. Mas se ele ia morrer, eu não ia, e depois que ele estivesse morto seria como se ele nunca tivesse existido — ele nem mesmo estaria sofrendo mais, ao passo que eu estaria vivo para sempre e sempre e sempre, milhares de possibilidades e potencialidades e diferentes Déboras esperando por mim, direções para o meu espírito seguir, episódios gloriosos ou simplesmente muito agradáveis para viver. Naquele momento respirei fundo e me libertei de Júlio Dapunt graças a um, sim, egoísmo brutal, que veio com o ar morno da noite e o exercício tranquilo e o contato da mãozinha de Débora no meu braço. Senti vontade de dançar, de agarrar Débora — não muito diferentemente do que Júlio Dapunt devia estar sentindo, aliás. A presença da morte deixa o pau duro. Não demonstrei nada. Casmiros andava na nossa frente, chutando umas pedrinhas, se desviando do caminho para chutar alguma pedra que se destacasse, sem olhar para trás. Eu pensei: o sentido de "compaixão" é "sofrer com"... Mas para quê? Não sou Júlio Dapunt, o meu espírito e o espírito dele são coisas diferentes, ele vai morrer e eu não, e isso não me atinge. Não seria melhor considerá-lo já morto e enterrado? Pensei: suponha que ele morreu na Idade Média: agora quem é que iria se importar? Comecei a fazer planos para os milhares, milhões, bilhões de anos que sabia agora que tinha pela frente. Não tive coragem de me virar para ver o rostinho de Débora — desculpem o diminutivo piegas, mas ele se refere mais ao tamanho do que à fascinação (real) que sentia por ele — mas olhei para a mãozinha enluvada no meu braço. Imaginei os suaves cabelos perfumados castanhos caídos na nuca, fiz planos de conquistar cada vez mais intimidade com ela, cada vez mais, nos milhares de anos que se seguissem. Até que ponto se pode aprofundar uma relação com uma mulher? Pressenti maelstroms paradisíacos do espírito.

— Discurso horrível — disse Casmiros de repente, quebrando o silêncio da caminhada. Débora concordou.

Quando chegamos no corredor das araras, na casa de Casmiros, as araras gritaram "Sandokan!", e "Motim!", e uma delas apenas repetia, em tom mais baixo, "Seda da Taprobana! Seda da Taprobana!". No fim do corredor Johann esperava por nós com uma cara sonolenta, usando pijama e segurando uma bandeja com alguns pastéis. Débora tirou a mão do meu braço para pegar um e senti frio no lugar do meu braço em que, durante todo o caminho, ela havia se apoiado.

As araras começaram a cantar uma música violenta e obscena, sobre afrodisíacos e as mulheres da ilha de Marie Galante, e Débora e Casmiros começaram a dançar no corredor. Eu comi dois ou três pastéis sentado em uma cadeirinha. Johann folheava uma edição de luxo de histórias em quadrinhos do Little Nemo, cabeceando de sono.

A certa altura da noite, Casmiros veio até mim e disse que ia me levar de volta para o meu corpo. Como despedida, Débora, com as mãozinhas (agora desenluvadas) na cintura, me deu um chutinho no quadril. Casmiros me envolveu com as suas asas, que não pareciam tão coloridas no escuro, e me aninhei dentro delas. Senti os músculos das minhas coxas firmes, duros, agachado naquela escuridão fofa de penas, como se estivesse pronto para saltar e viver, e viver de um modo desconhecido até então. Não como um poeta aidético balançando num lustre — viver de verdade. Vou esperar e preparar o meu espírito, pensei, até ser um Anjo Magnífico. Em mira o Grande Salto.

VIII

Mas Casmiros não me levou imediatamente para o mundo material, ao contrário do que eu esperava. Quando ele voltou a abrir as asas, vi que estava numa campina no meio do escuro; a noite era estrelada, e não havia nenhuma lua, e vi ao meu redor vultos de anjos fazendo barulho e ouvi o som de uma garrafa de champanhe sendo aberta.

— Vamos dar uma volta por aí, está bem? — perguntou Casmiros, apertando o nariz entre o polegar e o indicador, num gesto, supostamente, amigável.

Eles gritavam uns para os outros em paradisíaco. Alguém passou uma taça de champanhe. Enquanto bebia, devagarinho, me aproximei de um vulto escuro no chão para ver o que era, pensando que fosse um ninho de vespas ou uma pedra; e andei procurando imitar o passo preguiçoso dos anjos, sabe, aquela dignidade vagabunda e despreocupada que me parecia, e me parece ainda, a maior conquista do espírito. Quando cheguei perto vi que se tratava de uma cesta de vime, dentro da qual, enrolado num edredom, Júlio Dapunt dormia um sono de bêbado. Respirava alto e de boca aberta. Não pude ver bem a expressão dele à luz das estrelas, mas me pareceu que sorria. Umas tiras de couro ligavam a cesta às costas de um anjo.

Casmiros bateu amigavelmente com o joelho na parte interna do meu joelho e quase me fez cair para trás. É o tipo de brincadeira que os anjos fazem. Depois me sacudiu pelo ombro:

— E aí, sabe onde estamos?

Olhei em volta, meus olhos iam se acostumando ao escuro, e vi o que me pareceu ser uma olaria abandonada, terra melancolicamente erodida, e uma cerca de arame farpado suspensa sobre uma vala de erosão. Bom, já estamos no Brasil, pensei — e estava certo. Mas volto para o Brasil estando diferente, maior, superior.

— Quer sodomizar umas vacas? — ele perguntou de repente. Riu. Eu continuei bebendo meu champanhe, calmamente. A resposta de Bartleby no livro de Melville: *I'D RATHER NOT TO*. Preferia não fazê-lo. Logo vi umas vaquinhas mococas colina abaixo, perto da olaria, pastando. Vou escrever uma frase solene: os caminhos do espírito são estranhos. Um espírito elevado é sempre algo de chocante. Sempre. Do mesmo modo que a aristocracia se parece mais com a "canalha" do que com as classes médias e altas não aristocráticas, e Churchill, por exemplo, descendente do duque de Malborough, tinha maneiras grotescas à mesa, e Washington era dado a palavrões, e a Rainha Cristina se sentava com as pernas em cima dos braços da cadeira — da mesma maneira, dizia eu, uma classe de anjos não se comporta de acordo com o que se espera deles.

Seis ou sete daqueles anjos voaram até as vaquinhas mococas, e desceram devagarinho até elas com as asas abertas, os mantos flutuantes abertos, e as abraçaram por trás com braços e asas, e as vaquinhas fizeram meigamente mu. Lembro-me dos anjos: Sambula, Samax Rex, Ismoli, Arpugitonos e Qaus. Eles foram muito delicados; lembro que ergueram levemente as vacas no ar, especialmente a parte traseira, arrastando um pouco as patas da frente para trás, deixando sulcos na terra úmida de orvalho.

Enquanto a humanidade dorme, acasalamentos estranhos acontecem, e abominações, e delícias, e só me lembro de que passamos o resto da noite em uma cidade do interior de São Paulo que não consigo identificar. Sei que era mais ou menos grandinha e toleravelmente feia. Entramos em um prédio de apartamentos e fomos subindo andar por andar, atravessando o chão dos banheiros.

Eu ia agarrado ao pescoço de Casmiros, ao lado da cesta em que Júlio Dapunt dormia. Os outros anjos iam subindo na frente, seus gritos em paradisíaco ecoando nos banheiros escuros. Em um dos banheiros pelos quais passamos a luz estava acesa e um sujeito gordinho fazia cocô com uma expressão de sofrimento e com o caderno de economia da *Folha de S. Paulo* enrolado e esmagado debaixo do braço. Os anjos fizeram aurgh e uergh e continuaram subindo. Depois de dois ou três banheiros vazios no escuro, um anjo vestido de amarelo, de rabo de cavalo e costas das mãos pintadas com padrões complicadamente geométricos, se deixou ficar para trás para nos dizer, em português:

— Subam depressa! Mulher! Mulher!

Uma garota de uns 20 anos tomava banho de chuveiro. Como ela achava que estava sozinha, fazia de vez em quando uma careta esquisita, dizia "bêibi" e rebolava, esmagando o traseirinho contra o boxe de vidro e se esfregando lascivamente, para, oh, gáudio dos anjos que dançavam em volta dela.

Mas para o meu desapontamento nós continuamos a subir; aquela farra tinha um objetivo definido.

Chegamos a um determinado andar cujo banheiro estava vazio e escuro. De lá andamos por um corredor até um quarto onde um casal dormia em uma cama estilo década de 1950, de madeira. A mulher era gordinha, quarentona e feia. O homem era mais feio ainda, dormia com uma expressão concentrada, como se dormir fosse uma questão de disciplina, e tinha uma bandagem na cabeça, onde havia acabado de implantar cabelo. Na parede havia um grande quadro de Jesus apontando para o próprio coração que brilhava medonhamente, ao lado de um pôster emoldurado de Charles Chaplin em posição fetal.

— Quem são? — perguntei.

— Como é mesmo o nome dele? — Casimiros tentou lembrar. — Adolfo Leocácio? Arnoldo Leocácio?

Qualquer coisa assim. É um dos dirigentes da Federação Espírita desta cidade. Tem um médium lá que é uma raridade, um médium psicógrafo que não é imbecil. Você não sabe como isso é raro. É preciso uma certa semelhança de temperamento entre médium e espírito; por isso nós ficamos tão contentes quando descobrimos esse médium lá na Federação Espírita — porque não conseguimos usar os outros. Daí, tentamos dezenas de vezes usar esse médium para comunicação — tentei escrever um romance, e quando estava no fim do segundo parágrafo (no meio da sessão), esse Arnoldo Leocácio que dorme aí na sua frente começou a dizer: "Por favor, irmão, deixe este médium em paz, e não atrapalhe nossa sessão cristã com comunicações zombeteiras." Eu estava concentrado, a cena era delicada, a cadência da frase especialmente difícil, ecoando o barulho no porto de Sagres em 1480, e esse dirigente vem e começa a rezar em tom histérico. A cena ficou tão ruim que tive que desistir e ir embora. Tentei três ou quatro vezes. E teria sido um bom romance. Um romance de pirataria sutil e inteligente, o que é raro. E a mesma coisa aconteceu com o Daden ali. — Casmiros apontou para o anjo vestido de amarelo, de rabo de cavalo, com os padrões geométricos nas costas das mãos. — Daden tentou escrever um ensaio sobre sexo e arte. Quando estava na segunda frase, este homem, que era o dirigente da sessão, começou a ficar histérico. "Devemos com firmeza pedir a este nosso infeliz irmão espiritual que deixe em paz este médium. Pai Nosso que estais no céu..." Ele pulava da 2ª pessoa do singular para a 2ª pessoa do plural sem perceber. E agora viemos perturbar o sono dele. Ele é uma *nuisance* — palavra que Casmiros pronunciou à francesa.

Estouraram mais uma garrafa de champanhe; Daden apontou a garrafa na direção da mulher que roncava, mas errou e a rolha foi bater no criado-mudo, em cima do qual se via um livro chamado *Sublimes jovens de Cristo*, escrito por alguém chamado "Irmã Nepomucena".

— Vou acordar o Júlio Dapunt — Casmiros disse — porque afinal toda essa festa é em homenagem a ele.

Com muito esforço ele fez Júlio Dapunt ficar sentado na cesta, coçando o joelho com uma expressão (sim, não estou enganado) feliz.

Daden começou a pular em cima da cama, evitando os corpos adormecidos e cantando zombeteiramente: CERTAS PESSOAS DEVIAM APRENDER A DIFERENÇA ENTRE A 2ª DO SINGULAR E A 2ª DO PLURA-AL, CERTAS PESSOAS DEVIAM APRENDER A DIFERENÇA ENTRE A 2ª DO SINGULAR E A 2ª DO PLURA-AL, usando um tom irritante de criança, as asas cor de ouro esbarrando no teto e na lâmpada.

IX

O sujeito, Leocádio?, Leocácio?, dormia com uma expressão cada vez mais concentrada (um beicinho mussoliniano). O espírito dele saiu metade do corpo. O espírito se sentou na cama, olhando em volta; só da cintura para cima ele estava, projetado; as pernas ainda estavam dentro do corpo. E — juro, juro — a cabeça do espírito dele também tinha algo que parecia ser um implante de cabelo; igualmente ridiculamente falso.

— Espíritos zombeteiros! — ele disse, olhando direto para Daden, que continuava a pular na cama.

Daden começou a cantar: "Nhanha nhinha nhinha, Nhanha nhinha nhinha." Um dos anjos judaicos que dançava bateu com a asa na minha taça e derrubei champanhe de anjo na minha camisa polo preta. O anjo, que aprendeu inglês lendo *O grande Gatsby*, segundo ele mesmo me contou mais tarde na casa de praia de Suetônio, disse *I'm awfully sorry, old sport*. Arnolfo Leocádio começou a rezar em voz alta. Daden pulou da cama e, com a mão em concha no ouvido, perto do Arnoldo Leocádio, disse:

— Shhhhhhhhhh, silêncio, aposto que ele vai errar o tempo dos verbos de novo.

De repente todos os anjos fizeram silêncio, e ficaram ouvindo o homem rezar.

— Quer ver, quer ver? — Daden disse.

Haroldo Leocádio pareceu intimidado pela atenção que estávamos dando à sua gramática; mas depois de pensar um pouco, começou:

— Mandai espíritos benignos que venham e esses espíritos nossos irmãos em erro sejam esclarecidos e possam ir em paz, faze com que... — e bem nesse ponto todos os anjos gritaram de alegria e bateram palmas. Júlio Dapunt sorriu e disse, imitando sotaque britânico: *splendid, splendid*.

A certa altura da noite todos os anjos ergueram as taças na direção do cesto e disseram "PARA O JÚLIO DAPUNT". O anjo judaico se aproximou do cesto e disse *I hope you're enjoying the party, old sport*. Mas a essa altura Júlio Dapunt já estava dormindo, enrodilhado, com a testa franzida e uma expressão amuada. O Único Homem que Vai Morrer. A Única Morte do Universo. O anjo judaico se sentou num canto para ler um livro de receitas exóticas escrito por um confeiteiro vienense morto. Terminou a noite no fogão da mulher, o qual sujou barbaramente, preparando uma espécie de semifreddo de chocolate, segundo uma receita africâner.

O anjo da guarda do sujeito apareceu lá pelo fim da noite, com cara de sono, depois de ter sido chamado durante horas em preces repetitivas. Não era um anjo. Era um sujeitinho vestindo um moletom em que se lia "Sierra Nevada, 2300m". Ele disse, meio embaraçado: "Ei, pessoal, vamos maneirar aí, está bem?" Mas Casmiros pôs a mão no ombro dele e lhe disse algo, e em meia hora o anjo da guarda sonolento estava cantando e rindo e comendo chocolate com os anjos.

Depois disso lembro de flutuar sobre São Paulo. Meio dormindo nas asas de Casmiros, e olhando a cidade pelas frestas das penas. Havia anjos nos acompanhando, e Júlio Dapunt na sua cestinha, com um pé para fora na noite fria que amanhecia, e reconheci algumas ruas, e enquanto olhava tinha um sonho incoerente com fetos abortados congelados com mamilos em todas as partes do corpo, e os fetos viraram Brigitte Bardot num vestido vermelho que ficava caindo. Lembro que entramos no quarto de Júlio Dapunt para devolvê-lo para o seu corpo, e lembro de um pôster do Corto Maltese. Fiz força para memorizar o pôster, para que mais tarde, acordado, de dia, se visse o quarto com o pôster e tudo, saberia que não havia meramente sonhado tudo aquilo. Havia também um pôster de Brigitte Bardot no filme *Et Dieu... Créa la Femme*, e vi de onde havia tirado o meu sonho. Casmiros me soltou um pouco para fazer não sei o que, e sonolento pousei o rosto no carpete áspero do quarto, querendo voltar a sonhar com Brigitte Bardot... Depois de algum tempo passei os dedos no rosto e senti as marcas que o carpete havia deixado. Casmiros me pegou e saímos voando por um playground e por uma rua arborizada curva.

E esse foi o fim do meu Sonho na frente da lareira. Acordei com o sol já nascido, e na poltrona, desconfortável, com o quadril doído e moído por ter passado a noite inteira sentado, ou ao menos o meu corpo passou; o livro de Lord Dunsany no tapete ao meu lado, junto de uma garrafa de borgonha e um copo. A lareira apagada não mostrava sinais de leões de sonhos, nem datas de batalhas, entalhadas a faca nas colunas de madeira. E esse foi o fim do Primeiro Transporte.

Capítulo 4
Uma manhã na vida da Coisa Não-Deus

I

O MUNDO MATERIAL É O QUE É: NÃO É RUIM, nem bom, em si mesmo, e às vezes é útil; mas não é o nosso mundo. O espírito sempre se sente desconfortável nele; só que às vezes se esquece disso.

Voltar para o mundo material, depois de ter caminhado tranquilamente pelas ruas de grama de Quaresmeiras Roxas, me causou, enfim, aquela sensação que se tem quando se está deitado em uma banheira cheia de água morninha, e alguém destapa o ralo, sabe, e o corpo vai ficando pesado, pesado, à medida que a água vai baixando — até que o corpo fica absurdamente, grotescamente esmagado contra o fundo úmido da banheira.

Me senti esmagado contra a poltrona. E não apenas esmagado contra a poltrona, como esmagado contra os meus próprios ossos, contra os ossos dos quadris, contra as costelas, contra os ombros e o pescoço. A nostalgia do Paraíso talvez seja a saudade de um mundo em que a força da gravidade é levemente inferior à do nosso. Só percebi como as coisas eram mais leves em Quaresmeiras quando voltei para o velho mundo da matéria opaca. É claro que, enfim, a matéria é tão matéria lá como aqui — seria uma decepção descobrir que os corpos das huris no Paraíso são feitos de mero pensamento abstrato parecido com uma fumacinha.

Me levantei, sentindo as pernas fraquinhas, fraquinhas. Eram 7h15, segundo o rádio-relógio do corredor que dá para os quartos e a cozinha. Manhã de quinta-feira. Eu tinha que fazer a barba e tomar banho, comer alguma coisa e ir trabalhar. Fui andando mecanicamente até que parei no meio da sala, coçando a bunda.

Não, não vou fazer nada disso! Que se dane a barbinha o banhinho o trabalhinho, eu não vou continuar como se nada tivesse acontecido. Pare. Não mexa uma perna sequer. Lembre-se que um anjo visitou você nesta sala.

II

Procurei DAPUNT na lista telefônica de assinantes de São Paulo: um Oscar, duas Marianas e um Cornélio Tedesco. Hesitei antes de sair telefonando às 7h20 da manhã. Me arrastei até a cozinha e tomei um café com leite, mas, depois pensei, e daí, fui dignificado por uma visita ao Outro Lado, falei com anjos e fui encarregado de uma missão, certo? O que me dá o direito de ser chato, certo? Não. Fui tomar um banho.

Quando voltei para perto do telefone eram 8h06; predispus o meu espírito para uma crueldade implacável e disquei o número de Oscar Dapunt. Ninguém atendeu. Tentei Mariana Dapunt: na quarta chamada uma mulher com sotaque alemão atendeu, irritada: "Alô! Alô! Aqui não tem Júlio Dapunt nenhum. O senhor desliga. Aqui não tem Júlio Dapunt." Desliguei.

Era estranho tentar telefonar para um personagem de sonho. Era como cortar relações com o mundo cotidiano e voltar a entrar em contato com a Terra mater de todos os espíritos, o que me dava um certo tom de desprezo, uma impaciência, uma desconsideração distraída, para falar com pessoas comuns do outro lado do telefone, essa gente que vai ao banco e vê o *Jornal Nacional* e que se não veem o *Jornal Nacional* são piores ainda. Tentei Cornélio Tedesco (belo nome, belo nome). Ninguém atendeu.

Mas enfim, eu tinha que ir trabalhar. Transfigurem-se os céus e a terra, e ainda assim eu tenho que ir trabalhar. Escrevi os telefones e endereços das famílias Dapunt em um cartãozinho que coloquei no bolso e saí para a manhã de frio e sol e céu azul, e andei diligentemente, e até com o passo apertado, até o ponto de ônibus. Eu tinha um carro, que foi roubado no estacionamento do Carrefour com uma bonita edição de *The Dream-Quest of The Unknown Kadath*, de Lovecraft, com prefácio de Borges, no porta-luvas. Lamento mais o livro do que o carro. Que os dedos que tocaram aquele livro se esfarelem de lepra. Provavelmente nem conseguiram vender o livro; os poucos sebos dos bairros pobres não compram livros em inglês. Jogaram fora em algum córrego, em cima de tocos de cigarro e potinhos de Yakult. Mas lamento o carro também, em manhãs como aquela, em que me apoiei distraidamente no poste de madeira do ponto de ônibus até que reparei na camada de gordura grudada nele, gordura de muitos cabelos de muitas cabeças.

III

Um ônibus de cor roxa, com arabescos metálicos em padrões celtas, e um design esquisito, e vidros escuros que não deixavam olhar pra dentro. No lugar do itinerário estava escrito, em letras HTF Didot, JÚLIO DAPUNT.

O ônibus roxo cortou violentamente a frente do ônibus METRÔ STA. CRUZ. Vi as pessoas no ônibus METRÔ STA. CRUZ caírem com a freada, e o motorista ficar buzinando e xingando. O ônibus roxo parou do meu lado e a porta se abriu com um barulho de flf. Entrei, e se isso é loucura, que seja: estou de volta ao sonho de ontem à noite, e a maravilha abriu caminho até mim. O Guarda Nipoturco estava na direção, os antebraços mais grossos que as batatas das minhas pernas, e a porta se fechou atrás de mim com um barulho de mlm.

Dentro do ônibus tudo estava um pouco escuro por causa dos vidros fumê. Mas o Guarda Nipoturco, com quem eu havia cruzado (epa) em um dos corredores das Tapeçarias, continuava com a aparência nipônico-belicosa, a barba ainda coberta de grama seca, e um protetor peitoral de platina em cima de uma camisa simples de pano de estopa. Ele não é um espírito sensível ou refinado, é um guarda contra os espíritos ovoides do Umbral 4-B (UQB para os íntimos) e, pelo visto, motorista, quando preciso. Sorriu para mim um sorriso horrível e agressivo, como aquele que se dá quando fazem uma brincadeira sem graça com a gente; fez um gesto para eu ir para a parte traseira do ônibus e tocou em frente.

Não havia nenhum banco, só almofadões coloridos em cima do chão de tapete iraniano. Fazia um quase nada de frio lá dentro, e deitei em uns almofadões, me cobrindo com um cobertor, e vi que nas paredes, debaixo das janelas, havia sacolas de boca elástica com livros lá dentro: tirei da sacola *Gigi*, de Colette, e *The Complete Nonsense of Edward Lear*, e *Le Capitain Fracasse*, de Teophile Gautier, e *Sister Carrie*, de Theodore Dreiser, e *Le Grand Meaulness*, de Alain Fournier, e um álbum do Tintim. E muito mais, que não olhei. Me ajeitei nos almofadões com alguns livros espalhados à minha volta e comecei a ler, muito compenetradamente, *Le Capitain Fracasse*.

É curioso como o mergulho na felicidade nos faz esquecer tudo o mais. Se você tirasse alguém do Inferno e o colocasse no Paraíso, em dois segundos ele se esqueceria de que esteve no Inferno um dia. Logo em seguida, perderia a surpresa de estar ali. E, ao contrário do que os leigos na Ciência do Prazer pensam, a surpresa, e a supressão da dor são prazeres ínfimos e insípidos comparados com o prazer em si. E assim, arrancado do ponto seboso de ônibus para um ônibus sibarítico mandado pelos anjos para mim, logo me esqueci da depressão e da tristeza do ponto de ônibus e da vida da gente normal e bunduda, e, exatamente como se eles nunca tivessem existido, mergulhei confortavelmente e com uma sensação de segurança e eternidade — como se nunca mais fosse sofrer ou me decepcionar — naquele outro mundo protegido, de almofadões e livros e calma. Tive apenas um pensamento passageiro sobre como era estranha essa passagem súbita de um mundo para outro. Mas deixei que essa sensação de estranheza morresse por si mesma, o que não demorou; e li compenetradamente mais três páginas de *Le Capitain Fracasse*.

IV

... e nas paredes havia abajures de vidro estilo *belle époque* desenhados por Gallé, em formato de folhas e gafanhotos...

... e na parede de vidro atrás do motorista havia um poema de Ossian, pintado em letras douradas, que começava com as palavras *Mín a magh, méith a muca*...

... e o álbum de Tintim ao meu lado se chamava *"Tintim em Quaresmeiras Roxas*, e em um quadrinho Milu latia para as araras de Cupra...

... e havia um barzinho no fim do ônibus, com uísque do Paraíso e uma barra de chocolate com laranja...

... e em um dos vidros do ônibus (me levantei para ler) estava grudado com durex um bilhete que dizia:

"Meu caro:

O Anjo Pul decidiu fabricar este ônibus, materializá-lo e enviá-lo a você (graças à minha sugestão, mas não agradeça). Como pode ver, é uma pequena obra de arte, ainda que tenha sido fabricado às pressas, nas oficinas dos estaleiros de Pul em Marsupiais, a alguns quilômetros daqui de onde escrevo (palácio de Pul, ala norte, no meu escritório). Os livros foram escolhidos por Gallé, o artista, e por mim; e o Tintim foi incluído a pedido de Débora. Quanto ao Guarda Nipoturco, ele teve que aprender a dirigir em poucas horas, e naturalmente não conhece São Paulo, nem as regras de trânsito, por falar nisso, mas ele é hábil e tenho certeza de que vai ser um bom motorista. Você não vai conseguir se comunicar com ele, porque ele não fala português, nem francês, nem espanhol, nem inglês. Gesticule. Ele não é mesmo de falar muito.

O ônibus e tudo que há nele foram materializados com certa dificuldade às 6h30 desta manhã, pouco depois de você ter ido embora, não com ectoplasma, mas com um processo chamado Recombinação Svoboda de Matéria, utilizando quatro grandes eucaliptos da Chácara Flora em São Paulo, 40 litros de água de esgoto, e algumas nuvens. O Guarda Nipoturco foi materializado com ectoplasma, e é por isso que ele deve estar um tanto pálido.

Assim como uma sala no consulado francês em São Paulo é território francês, assim também o espaço dentro do ônibus é território de Quaresmeiras Roxas. Faça bom proveito: o ônibus e o motorista estão à sua disposição, mesmo para — e, segundo o modo dos anjos de Quaresmeiras, especialmente para — frivolidades. Confiamos em você e sabemos que não vai fazer mau uso estético do ônibus — como deixá-lo estacionado em uma rua feia ou ler *Macário* dentro dele.

Paulo Marinus Prikker"

V

O ônibus parou. O Guarda Nipoturco se virou para trás e apontou para fora, dizendo mamolâmea momó.

Olhei pela janela e vi uma rua arborizada curva como aquela que, eu me lembrava, eu havia sobrevoado com Casmiros durante o amanhecer, pouco antes de acordar. Era ali. Júlio Dapunt morava ali, no seu quarto com pôsteres de Brigitte Bardot e Corto Maltese e o carpete que me foi áspero no rosto. Lambi o chocolate dos dedos, acenei com a cabeça para o Guarda Nipoturco — que acenou de volta — e saí para a rua. Um pouco do Paraíso ficou comigo, grudado na pele das costas das mãos, com o cheiro exato de Vênus saindo do banho. O ônibus partiu, sumiu, virou à esquerda, acho — e fiquei vendo ele partir, sumir, virar à esquerda, tão gorduchinho, tão roxo, de interior tão protegido como, sim, o pátio interno de um palácio mourisco, onde um garoto, de vez em quando, na Sevilha do século X, vai ler sozinho. Depois, procurei uma placa com nome de rua.

Era ali, o endereço de Cornélio Tedesco, o pai, cuja história precisa ser escrita por outra pessoa que não eu: a história de alguém que amou uma pessoa que deixou de existir.

O número em questão era um edifício branco igual a muitos outros no mundo, com grandes varandas curvas. Arquitetonicamente, as pequenas inovações tímidas habituais: as varandas tinham formatos diferentes de andar para andar, essas coisas. Dois apartamentos por andar. Algum luxo, mas nada demais, nada do outro mundo: classe média-alta ou, para ser mais exato, classe média-média-alta. Apertei a campainha e falei, pelo interfone, com o guardinha na sua cabine de vidro esverdeado.

— Eu queria falar com Júlio Dapunt. Apartamento 81.

O porteiro me olhou através do vidro verde com uma expressão de desinteligência antipática.

— Não conheço.

— Apartamento 81. Sr. Cornélio Tedesco.

Tive que falar com o pai de Júlio Dapunt pelo interfone.

— Sim?

— Aqui é um amigo do seu filho (disse o meu nome). Posso falar com ele?

— Acho que ele já saiu pra faculdade, hein. Um minuto que eu vou ver.

(Reproduzo esta cena toda por um bom motivo. Repare: nem o porteiro sabia quem era Júlio Dapunt, nem o pai sabia se ele estava em casa ou não. Aquele que tinha uma data marcada para sair do Universo se movimentava pelo Mundo sem fazer barulho algum; e, no entanto, conforme eu estava por descobrir, fazer barulho, ser notado, era a sua paixão dominante, e ele queria rodopiar e dançar e rugir e ser conhecido por todos os homens e amado por todas as mulheres. E esse era o seu desejo antes mesmo de saber sobre sua delicada condição; mais ainda, depois. E no entanto...)

— Ele não está. Já foi pra PUC.

Então vamos para PUC. Agradeci e voltei para a calçada, esperando o Ônibus Roxo surgir e parar, e eu embarcar nele, mas não, *nein*, nada. Tudo o que eu vi foi uma Brasília cor de abóbora, empoeirada, com um decalque que dizia O BRASIL TEM JEITO, passar resfolegando e soltando gases.

Fui de metrô até a PUC. Naquela manhã, andar de metrô, me locomover, e respirar, tudo era uma epopeia, porque o mundo me parecia estranho, alienígena e áspero. Claro que é melhor que o ônibus. Você não tem que ver as horríveis ruas. Nesse sentido, é até melhor do que uma BMW. E é limpo. Mas a mim que me importa essa limpeza de tapete de borracha preta? E oh o silêncio dos homens comuns que vão trabalhar, cheirando a cigarro e a suor e ignorância de mundos mais vivos. Há tanto que eu próprio tenho que acordar dentro de mim, antes de me tornar um Anjo Magnífico, que não tenho tempo para essas pessoas no metrô, o operário com cara de bode, o professor gordinho e triste, quase desesperado, e a estudante quase bonitinha com uma grande mancha peluda no rosto (perto da bochecha). Quero me esquecer deles e acelerar os meus passos para sair da Estação Barra Funda dos homens (ESTAÇÃO BARRA FUNDA, PROTEJA A SUA BUNDA).

Tinha pena deles, sim, claro; talvez.

VI

Do lado de fora da PUC, carros faziam fila na rua para entrar em estacionamentos pagos, e guardadores de carro, descalços, brincavam de dar pauladas uns nos outros, assustando mulheres e velhos que desviavam do caminho. O céu azul cortante. Garotas bonitas andando com garotas feias, falando sobre professoras chatas e diferentes qualidades de pizza. Carros com adesivos onde se lia RUGBY É MAIS QUE UM ESPORTE. Cocô de cachorro na calçada recém-lavada. Eu, olhando o mundo.

Entrei num prédio cinza-sujo de arquitetura brutalista e me desviei de murais com grandes cartolinas onde se lia ISTO É UM ABUSO A REITORIA MAIS UMA VEZ NÃO ESTÁ COM A RAZÃO MOBILIZE-SE ENQUANTO É TEMPO. Bebi água num bebedouro que soltava uma enorme poça de água no chão e perguntei para uma garota gordinha e feinha onde é que se dava aula de literatura inglesa. "Letras?", ela perguntou, e apontou um corredor, estendendo um dedo indicador curvo que significava que eu devia fazer a curva, "virando ali, ó".

Um grande largo corredor com muitas portas de ambos os lados, e onde está a minha caça, aquele que transcende tudo isto, a notória Coisa Não-Deus? Alguém rabiscou com giz branco na parede: DRI, ESTOU NA LANCHONETE. Sim, também nos meus tempos de faculdade de jornalismo era preciso avisar alguma Dri que estávamos na lanchonete. Também nos tempos do Grande Rei Dario era sempre preciso avisar alguma Dri que alguém estava na lanchonete. Fica esperta, Dri!

Cheguei. Sala 65. Ele estava lá no meio das mulheres, com o queixo apoiado na mão, a boca, larga demais, apertada entre os dedos. Parecia distraído. Um professor magricela falava em pé atrás de uma mesa de fórmica verde cor de ranho aguado. Quando ele virou as costas para mim para escrever na lousa, entrei e me sentei numa cadeira do fundo, uma dessas cadeiras com braço para escrever, de fórmica branca lascada (onde se lia, em letrinha miúda, a letra de uma música pop em inglês). Ninguém reparou em mim; deslizo como um espírito cheio de leveza, ou será que é porque a sala estava cheia? Na lousa se lia: GÊNIO = PRODUTO SOCIAL, e Romantismo: Doutrina da "Inspiração". E nomes soltos, e palavras soltas, Ossian, Werther, Lukács, Bakthin, José de Alencar, PROVA DIA 27/11.

VII

O professor, se não fosse tão magro, teria o que eu adoraria descrever como "vaga aparência mongólica", mas não posso, porque ele era magro, e magricela, com uma ausência de barriga que me causou (devo confessá-lo? Oh!) inveja. Mas tinha um rosto entre o chinês e o bugre (seja lá o que for bugre), queimado pelo sol e enrugado, e uma ridícula mecha de cabelos grisalhos que, vindo do lado da cabeça, ia para a testa, horizontalmente, e caía de vez em quando sobre os olhos, e a cada vinte ou trinta segundos ele atirava a mecha para cima com um gesto nervoso. Me peguei hipnotizado observando a mecha deslizar pela testa, óia, ops, vai cair, caiu, ele ajeitou com a mão. A mecha era absurda. Por que diabos ele puxava a mecha para a testa, por que não cortava com uma tesoura? Era excruciante. Não ouvi uma palavra do que ele disse, prestando atenção no lento declínio da mecha. Ouvi uma garota ao meu lado dizer, com a testa enrugada de irritação, "Ai, essa mecha!...", ao que a outra respondeu com um sorriso superior, cuja misericórdia absolvia tanto a irritação da amiga quanto a mecha cretina.

— Os românticos tinham muito essa coisa de acreditar que um deus (ele disse deeeeeeus) "baixava" (ele fez aspas com os dedos manchados de cigarro) no escritor no momento da... no momento mesmo em que ele estava escrevendo o romance ou, ou, ou (ele gaguejava) o poema. Era o que se chama de "Inspiração" (ele disse a palavra com perfeito absoluto desprezo e um sorriso, e a mecha caiu sobre os olhos, destruindo o efeito dramático). Claro, era mais fácil explicar a coisa assim. O "Gênio" era um ser especial saído do nada, sem vínculos com a sociedade, com o país, com a econo, economia... Imbuído de dons especiais (ele fez um gesto, de flor desabrochando, com as mãos, para indicar, eu acho, o desabrochar de dons especiais floridos). Sem se vincular propriamente a uma tradição literária nacional, como se ele não se vinculasse ao desenvolvimento histórico das formas literárias. Como se ele pairasse acima da luta de classes. Hoje a gente sabe que não é bem assim.

Deixei de prestar atenção. Procurei Júlio Dapunt com os olhos — claro, com as mãos é que não foi — e ele estava algumas cadeiras para a esquerda e para a frente. Ele não me viu. Ele rabiscava distraidamente na cadeira.

Não parava quieto. Coçava o joelho, coçava o nariz, olhava para a palma das mãos procurando calos, olhava as unhas, olhava o teto; olhava para garotas e sorria para elas; suspirava. Mas não olhava para trás nunca, ficando meio duro. Sua nuca parecia dizer, à maneira das pessoas tímidas, Eu sei que vocês aí atrás estão olhando para mim... E depois de vinte minutos de aula fiquei ansioso por ele, pensando Saia daí, Viva, Não fique aí sentado em silêncio, Você vai gastar a sua vida aí sentado em silêncio? E ele devia estar pensando a mesma coisa, porque estava cheio de movimentos nervosos, como se tivesse a intenção de levantar e viver, mas, como não sabia o que fazer exatamente para Viver (afinal, o que é isso, com V maiúsculo e tudo?), gastava a energia coçando o nariz, mordendo a parte interna dos lábios, se espreguiçando escandalosamente (mas não muito) para chamar a atenção sobre a sua mortal pessoa. Numa dessas vezes em que se espreguiçou, dobrando a coluna para trás, ele me viu; e vi que ele me reconheceu, se espantou e desviou os olhos para o tampo do braço da cadeira em que estava sentado, de onde ficou tirando lascas, com o rosto contraído.

Não me ofendi.

Quando a aula acabou, e todo mundo se levantou, e Júlio Dapunt ficou em pé com as mãos nos bolsos da calça jeans conversando com duas garotas, e olhando disfarçadamente para mim, fui até a cadeira dele, cheio de furor biográfico, para ver o que ele havia rabiscado no tampo dela. Estava escrito, em letras de fôrma:

O GÊNIO É UM SER ESPECIAL SAÍDO DO NADA.

O GÊNIO É UM SER ESPECIAL SAÍDO DO NADA.

VIII

E então saibam, vocês espíritos de todas as partes do Universo, que sentem falta de Júlio Dapunt mesmo sem tê-lo conhecido, porque sabem que haja o que houver nunca nunquinha vão poder apertar a mão dele, então saibam que ele vestia uma calça jeans desbotada e tênis sujos, e camiseta, e ficava visivelmente encolhendo a barriga o tempo todo. Conversava com três garotas, e, pelo que pude ver, elas se davam ao luxo de ficarem um pouquinho entediadas na presença da Coisa Não-Deus. Ele sorria de cada piada delas, e quando ele ia começar uma frase e a voz dele era abafada pela de outra pessoa, ele parava de falar e fingia que nunca havia dito nada. Elas pareciam gostar dele, de um jeito condescendente talvez, e brincavam com ele, dando-lhe o braço, zombando amigavelmente dele, entende?, e daí ele ficava subitamente arrogante e ia embora.

Foi assim: uma garota disse: vamos para a lanchonete? sem olhar diretamente para Júlio Dapunt, mas imagino que o incluindo no convite. E porque ele não foi explicitamente incluído no convite ele ficou subitamente arrogante — pude ver o movimento no seu espírito — embora fosse visível, pelo menos para mim, que ele iria oh de bom grado para qualquer lugar com ela, e não o culpo porque ela era alta e bonita e com bonitos cabelos longos pretos, e fosse visível nos olhos dele o verso *WE NEED GREAT GOLDEN COPULATIONS* — e não apenas arrogante como exasperado, mas quem o percebeu senão eu, que o olhava fixo?, e tirou o braço do braço dela, sem muita rispidez, deu uma desculpa que eu não ouvi, e saiu andando.

Ou talvez quisesse me dar a oportunidade de falar com ele.

(Saiu andando — esperando que saíssem atrás dele? Que sentissem a falta dele? Com o ego não massageado, mimado e acariciado? Cansado de ser tratado como mascote e como castrado? Como posso saber, agora que ele não existe mais, exceto por estimativas e chutes?)

Eu o segui corredor afora.

Ele ia andando e sorrindo para garotas que sorriam de volta para ele (Se ele era popular? Era. Era difícil não gostar dele — ele sorria e parecia inofensivo e humildezinho e bonzinho — mas também não deixava grande impressão em ninguém, como já disse. Depois que ele morreu fiz uma enquete sobre ele, ei-la: uma garota chamada Adriana disse que ele era "legal"; uma outra chamada Mônica disse que ele era "bonzinho"; uma outra chamada Denize disse "só falei com ele uma vez e acho que ele era legal, mas não sei dizer, desculpe".)

Ele ia andando pelo corredor mas parou e sorriu para mim como se pedisse desculpas por não ter vindo direto até mim, ou então, talvez, como se achasse a situação ridícula, e andou até mim e apertou a minha mão com a sua mão suada.

Não dissemos nada, a princípio. Sorrimos embaraçados, parados no meio do corredor, e por comum acordo mudo nos pusemos a andar devagar lado a lado, enquanto *les oiseaux sur les branches* cantavam do lado de fora da PUC.

— Bom, e então? — ele disse.

Tínhamos ambos pudor de começar a falar do que queríamos falar: sonhos, anjos, morte. Do outro lado da janela, atravessando a rua, reparei em uma garota bonita saindo de uma loja de sapatos.

— Você se lembra de ontem à noite? — perguntei coçando o nariz.

Ele respondeu, também olhando distraído para a garota bonita saindo da loja de sapatos:

— Lembro, sim.

Fez uma pausa e perguntou:

— Só isso?

Não soube o que dizer.

— Porque se é só isso, tenho que ir indo porque a minha outra aula já deve estar começando. Desculpa!

Pensei e disse:

— Não, escuta uma coisa. Nós temos um assunto importante para conversar, não temos?

— Arrã — ele disse, com alguma dúvida.

— E então? Como fazemos?

Ele tinha que tirar um xerox no Centro Acadêmico de Letras; subimos uma rampa e fomos tirar o xerox. Depois ele concordou em matar a aula e almoçar comigo. Acabamos indo para um restaurante a dois quarteirões dali.

Sentamos em uma varanda, as pessoas na calçada passando ao nível dos nossos pés. Passei o braço pela cerca de madeira, pedi batata frita como entrada, e voltei a atenção para Júlio Dapunt. Só me lembro dele, naquele instante, que tinha uma casquinha de ferida no cotovelo feio.

— Eu sou um gênio — ele disse de repente.

Com algum custo consegui ficar impassível.

— Em quê?

Ele riu pelo nariz, ainda lendo o cardápio.

— Não sei. Mas eu sinto que eu sou. Se você vai escrever sobre mim, seria bom mencionar isso — ele levantou os olhos do cardápio. Eu continuava olhando para a casquinha de ferida, imbecilmente. — Eu sei que soa convencido dizer isso assim. Mas eu sempre senti que tinha alguma coisa dentro de mim. E isso não tem nada a ver com o defeito na minha alma. Eu tenho um princípio de genialidade em mim. Sei disso. Só não sei em quê.

Não dei muita importância ao que ele estava dizendo — muitos jovens se sentem assim. Fiquei vendo as pessoas passarem entre a cerca de madeira e a banca de jornal. Modelos lindas nas capas das revistas.

— Eu tenho o potencial para alguma coisa, mas é um grande potencial. Talvez eu seja um grande poeta. Ou um grande lutador de boxe. Ou um grande general. Ou o maior amante de todos os tempos.

Sorriu. Eu estava satisfeito em simplesmente deixá-lo falar, e sorri também. A batata frita chegou.

— Você deve estar achando isso tudo bem idiota — ele disse, enquanto eu espalhava catchup em um guardanapo de papel.

— Não, de modo algum — eu disse. — Se você se sente assim, você se sente assim, e pronto. Eu não sei se você é um gênio ou não.

— Ou talvez eu não seja exatamente um gênio. Mas eu quero muito ser um gênio. Acho que é isso que me faz diferente das outras pessoas: eu quero muito ser um gênio. E não vou ter tempo para isso.

Ele viu antes de mim: uma mulher linda de 20 e poucos anos entrando sozinha no restaurante e sentando longe de nós.

Ela devia ter feito hidroginástica ou natação na academia do outro lado da rua, porque os cabelos estavam molhados e ela havia pousado uma mala de ginástica em cima da mesa.

— Eu queria deixar uma marca nas pessoas — ele disse, depois de ter admirado a mulher em silêncio.

— Você é virgem? — perguntei.

Ele riu e baixou os olhos.

— Por quê?

— Estou aqui para saber de tudo sobre você. Se não quiser responder, não precisa — eu terminei a porção de batatas fritas e limpei os dedos em um guardanapo limpo. — Escuta, você tem que viver enquanto ainda é tempo. Você é jovem e não é feio. Se você quer deixar uma marca em alguém, por que não vai até a mesa daquela mulher e tenta puxar uma conversa?

Eu tive que dizer aquilo. Ele olhou para a mulher, considerando a possibilidade.

— Eu ia falar o que para ela?

— Qualquer coisa. Diz que achou ela linda, pergunta o nome e pede o telefone. Se ela disser não, é não, só isso.

Ele ficou olhando para a mulher.

— Ela é linda — ele disse.

Mas não se levantou da mesa.

— Não posso. Não dá. Só de pensar nisso o meu coração ficou acelerado. Estou quase passando mal. Não sei fazer essas coisas. Sou feio, sou barrigudo. Estou malvestido. A minha boca... — ele apontou para a boca, que era de fato grande demais.

Eu quis dizer: Júlio, você vai deixar de existir. Arrisque-se. A timidez não pode ser pior do que a morte. Mas não insisti.

Considerei a dificuldade da minha posição: prestar atenção em alguém como Júlio enquanto dezenas de anjos dançavam à minha volta.

Ele ainda olhava para a mulher.

— Como ela é bonita! — ele disse, baixo. — Como eu adoro as mulheres bonitas!

A comida chegou, nós comemos. Estava mais ou menos.

Ele falou qualquer coisa sobre as comidas de que gostava e de que não gostava. Não prestei atenção. Vocês querem saber de quais comidas ele gostava? Acho que ele falou em tempurá.

Ele parou de falar e continuamos a comer em silêncio.

— Deixa estar — ele acabou dizendo, em tom de brincadeira. — Ainda vou formar uma grande banda de rock e todas as mulheres vão querer dar para mim.

A passividade dele me irritava, e resmunguei:

— Aquela mulher ali nunca daria para você só por você fazer parte de uma banda de rock.

Ele não disse nada.

— Estou aqui para entender você, o que é a minha função, mas não consigo. Você me exaspera. Se você gosta tanto de mulher, se quer deixar uma marca, se quer ser o maior amante de todos os tempos, levanta e vai falar com aquela mulher!

Ele comia sem tirar os olhos do prato.

— É fácil falar — disse.

— Júlio — falei —, mesmo que eu não coma essa mulher agora, eu vou ter milhares, milhões de anos para entrar na vida dela. Você não.

Olhando agora, é óbvio que ele não teria tido chance com aquela mulher. Ela era só um pouco mais velha, mas era uma mulher, e não uma garota, e era linda, e ele era um pós-adolescente de camiseta puída e com uma ponte de baba no canto da boca. Não sei por que insisti. Me arrependo um pouco. Não sei como era o pai dele, mas acho que na vida de Júlio faltou gente que lhe desse um chacoalhão. A notícia de que a sua alma era mortal, que em outras pessoas teria precisamente esse efeito de choque, nele parecia ter causado uma certa passividade, uma certa desistência. E os anjos lhe davam tudo de bandeja: sexo, viagens, boa companhia. Na Terra, onde ninguém lhe dava nada de bandeja, onde ninguém prestava atenção nele, exceto eu — ele era uma muito frustrada Coisa Não-Deus.

— Escreve aí que eu gostava dos filmes do Steve McQueen — ele disse, ao me ver escrevendo trechos desta conversa em uma agenda.

Suspirei, e escrevi, assim mesmo, no passado: gostava.

— Vem que eu racho um táxi com você — eu disse, depois que paguei a conta, e ele obedientemente me seguiu.

Enquanto esperávamos um táxi passar na rua, fiquei prestando atenção em dois milhões de coisas: na luz do sol, na sombra das árvores, nos carros estacionados — tudo, menos em Júlio Dapunt. O olho escorregava dele para outras coisas, ele era algo que você sabia que estava lá e não olhava duas vezes. Percebi que ele era de fato extraordinário: a pessoa menos carismática do mundo.

No fim o que apareceu foi o Ônibus Roxo, subindo a rua como um ônibus de brinquedo gigante. Puxei Júlio Dapunt para dentro. O Guarda Nipoturco sorriu para Júlio Dapunt, dando um tapinha no ombro dele, e latindo alguma coisa em turco.

Fomos para a parte de trás e, depois de algum tempo, sentamos nos almofadões. Júlio examinava os livros.

— Isto tudo foi feito para mim?

Mais ou menos quando o ônibus chegou na Dr. Arnaldo, Júlio arrancou uma folha do caderno espiral que carregava, e me deu para ler.

— Você vai me entender melhor — ele disse.

IX

TEXTO DE JÚLIO DAPUNT

São 8h38 da manhã, e eu estou sentado na sala de aula da PUC, entre Laura Abinajm e uma garota que eu não sei o nome. Este é o dia seguinte à noite estranha que eu tive ontem. O professor está falando, mas eu não ouço o que ele diz. Laura acabou de espiar isto aqui, perguntando: "O que é isso?", e eu não deixei que ela lesse. Estou ainda perturbado com o que aconteceu esta manhã.

Estava planejando desde a semana passada pegar carona com a Renata Vaccari, que mora perto de mim. Ela é linda e sexy, e eu estava sonhando com isso e fazendo planos, etc. Mas hoje de manhã ela passou em casa para me pegar — e já havia dois sujeitos lá dentro, amigos dela que estudam administração na PUC. Eu nem pude sentar ao lado dela — tive que sentar no banco de trás enquanto eles peidavam.

Eram os sujeitos mais horrorosos que já vi na vida. Idiotas completos. Falavam palavrões e gírias de novela da Globo. O sujeito que ia na frente estava com o braço para fora da janela, batucando na porta do carro, como se vê em propagandas de chinelo. O sujeito que ia atrás comigo sentava na borda do banco, pondo a cabeça entre os dois bancos da frente, e soltando pum. Estavam animadíssimos os três, e eu não disse quase uma palavra. Eles eram os bonitos, atléticos, extrovertidos, normais. Pedi para saltar um quarteirão antes da PUC, porque não aguentava — inventei que tinha "uma coisa pra fazer". Depois fiquei vendo a 4 × 4 branca da Renata Vaccari indo embora.

Tem dias em que parece que já morri e sou um fantasma. Eu falo com as pessoas e elas não respondem, ou então alguém me interrompe no meio da frase e ninguém nem percebe que eu fui interrompido. Estou falando, a pessoa com quem estou falando está olhando nos meus olhos, daí outra pessoa me interrompe com um assunto diferente e a pessoa que me ouvia desvia os olhos de mim logo na primeira sílaba da interrupção, tipo com alívio, e não volta a olhar pra mim. Posso até gritar, que ninguém nem olha nos meus olhos. Desapareci.

Hoje é um dia assim. Mas quase todos os dias são assim.

X

Eu li aquilo e fiquei sem saber o que dizer. Me parecia desimportante, mas ele esperava ansioso que eu dissesse alguma coisa.

— Entendeu? — ele disse. — Eu não tenho nada a ver com essa gente toda. Eu não consigo tocar essa gente, eu não consigo deixar uma marca. É impossível. Eu não consigo.

Reparei o quão pouco ele parecia impressionado com a revelação da noite anterior; um incidente um tanto banal naquela manhã parecia tê-lo angustiado mais. Guardei o papel com cuidado, e pensei antes de falar.

— Júlio — eu disse. — Isso é timidez. Isso passa.

Ele sacudiu a cabeça várias vezes, tão concentrado no seu papel quanto Montgomery Clift ou Marlon Brando.

— Não, não, não. Eu não tenho nada a ver com essa gente. Eu não consigo tocar essa gente, eu não consigo fazer contato com essa gente. Eu desisto. Mas aqui — ele apontou para o ônibus, com suas almofadas e livros e tapetes persas e vidros Gallé — é diferente. As pessoas prestam atenção em mim. Eu existo.

XI

E este é o fim da história de Júlio Dapunt na Terra, praticamente. Uma carona em uma 4 × 4 branca, e ele havia murchamente reconhecido que não ia nunca se tornar o Rei do Mundo Material, o Napoleão das Universitárias de Perdizes. Pode-se argumentar — como de fato alguns biógrafos têm argumentado — que essa cena em si é muito pouco para um efeito tão grande na vida de Júlio Dapunt; que ele já vinha sofrendo o efeito de uma série de desapontamentos no mundo material.

Mas a coisa toda é mais complicada. Ele estar emburrado dentro do carro, ele sentir a sua personalidade incapaz de chamar a atenção de Renata e seus amigos (quando todos aqueles anjos na noite anterior pareciam tão interessados nele), incapaz até mesmo de fazer o menor ruído, isso tudo era um acontecimento diferente na sua vida, porque havia acontecido depois da revelação da sua própria e única e singular mortalidade.

Entenderam, biógrafos de mentalidade tacanha? Querem que eu diga com todas as letras? Para Júlio Dapunt, ser incapaz de vencer a própria timidez e as limitações da própria personalidade, depois daquela noite estranha nas Tapeçarias — dado esse terrível impulso — era um sinal de que o mundo material não era para ele. Andando ali em Perdizes depois que o carro da tal da Renata se afastou sem um ruído, enquanto as pessoas entravam e saíam de uma loja de surfe ou de um supermercado, ele reconheceu que era incapaz de ser o rei daquilo tudo, e abriu mão do mundo. Do mundo inteiro — de uma vez. Ou, nas palavras do Rabino Asa, em um documentário da tevê educativa de Marsupiais, "para ganhar o Mundo com M maiúsculo, ele abriu mão do mundo com m minúsculo, e voltou sua atenção e a sua ambição para outras esferas da árvore da vida". Isso soa sublime, mas é, afinal, uma derrota.

Capítulo 5
A Coisa Não-Deus é entretida

I

Qayitz, o Anjo do Verão, Supremo Senhor de Ipanema e das Margens do Sena, me fez uma visita naquela noite.

Uma visita que me deixou um tanto, como dizer?, chocado. Vou contar. Eu estava tentando ler no meu apartamento. Tentando apenas, porque estava cheio de expectativas quanto à minha próxima ida ao Paraíso — oh, cheio de expectativas e excitação! Pensava como seria estar de novo com Deborazinha, pensava nos livros que Lord Dunsany devia ter escrito depois da morte, pensava na minha casa na Rua dos Figos Caídos (Nemyie Mamalemo Mur), pensava no futuro e em tudo o que é grande e brilhante e bom. Não conseguia pensar em Júlio Dapunt. Era noite e chovia: estava chovendo desde as duas da tarde.

Quando deram onze horas da noite, Qayitz bateu na porta do meu apartamento. Havia passado pelo porteiro do prédio, o que não é difícil, já que o porteiro é um velho cagão que fica vendo novela, a versão masculina da Mammy de ...*E o Vento Levou*, que eu chamo secretamente de Seu Memé. Qayitz estava materializado, sem as asas, com o cabelo cortado à escovinha e molhado de chuva; jeans e um moletom azul; e, do lado dele, três garotas. Reconheci Qayitz na hora, como não?, mesmo sem os cabelos compridos e as asas. Ele disse, sorrindo para mim como se estivesse absolutamente, absurdamente encantado de me ver — numa representação tão perfeita que devia ser quase noventa por cento genuína — algo do tipo:

— Será o entregador de pizza? Não! Sou eu, seu amigo Qayitz.

Deu um chute amigável nas minhas ancas. Sorri de volta. As garotas em volta dele, entre uma e outra olhadela séria para mim, sorriam para ele. Até o corredor seco e feioso do meu apartamento sorria para ele.

— Esta é a Adriana, esta é a Erika e esta é a Fernandinha. Nós vamos fazer uma "festa" (dava para ver as aspas nas covinhas que subitamente apareceram no seu rosto) para o Júlio Dapunt — ele abraçou duas delas pela cintura. — Elas não são anjos, nem formas-pensamento, nem fadinhas; são boas garotas materiais de Moema, Brooklyn e Perdizes. Ou você é da Barra Funda, Nandinha?

— Perdizes, Gugu.

— Um lugar assim — ele sorriu para mim de novo.

Você se sente especial quando Qayitz sorri para você. Eu treino, às vezes, no espelho, para ter um sorriso assim, e os pequenos gestos. Algum dia, quem sabe. Ao contrário de Júlio Dapunt, eu tenho tempo.

— Não vamos sentar, não. Você é que vem com a gente. Que livro é? — ele entortou a cabeça para ler o título do livro que eu ainda tinha na mão. Era a história da Guerra dos Bôeres escrita por Conan Doyle.

— Você já viu Conan Doyle alguma vez no Paraíso? — eu perguntei, só para dizer alguma coisa.

— Claro, jogando bilhar em uma casa em Marsupiais. Bom jogador. Olhem, garotas, este é o escriba de quem eu falei — ele espremeu o indicador no meu nariz, apontando para mim. — Uma garota chamada Débora, lá do lugar em que eu moro, no Paraíso, acha este senhor aqui muito viril e charmoso. E você o que acha, Érika?

Érika sorriu para ele, embaraçada. Ele despenteou os cabelos dela, de modo carinhoso.

Elas eram lindas. Uma delas, acho que a Adriana, usava até uma camiseta com o nome de uma agência de modelos de primeira linha. E de repente, na minha imaginação, consegui ver Júlio Dapunt andando nervoso entre elas, soturno, mal-humorado, tentando chamar a atenção sobre si, mas na verdade sendo esmagado pela simples presença de Qayitz.

Foi o que eu disse ao próprio, naquela noite, longe das três garotas, que acabaram por se acomodar timidamente no sofá da sala bebendo uísque.

— Posso, ahn, posso...? — hesitei porque, afinal, você hesita antes de dar um conselho a um anjo. — Posso dizer uma coisa?

— Ué, claro.

— Não seria melhor... — digo, é a minha impressão, mas posso estar errado... — não seria melhor talvez só mandar as três garotas para ele e ficar por aqui?

— Por quê?

— Você não acha que ele vai se sentir um tanto intimidado com a sua presença?

Qaytz olhou para mim com incompreensão completa.

— É que ele é tímido — insisti.

Ele riu e abriu a geladeira.

— Não se preocupe. Elas vão fazer com que ele deixe de ser tímido — ele disse.

Eu estava chocado. Havia duas opções: ou Qaytz não percebia como Júlio Dapunt ia se sentir, ou não se importava muito com isso, e eu achei de imediato que a verdade era um misto dessas duas opções.

E lá se foram pela minha porta afora Érika, Adriana, Fernanda e Qaytz, descrito pitorescamente pelo angelólogo Max Radin como (traduzido do latim) Senhor do Sangue Jovem Latejando em Veias Estreitas Demais para Conter Esse Mesmo Sangue (ou Gugu, para os íntimos).

Dias depois soube pelo próprio Júlio que as garotas não se afastaram de Qaytz a noite inteira, e que na maior parte do tempo Júlio Dapunt ficou em silêncio enquanto os quatro conversavam e riam. Em algum momento da noite Qayitz chamou outras pessoas para a festa, e elas trocaram algumas palavras com o Júlio e depois o ignoraram; até que por fim Júlio fechou os olhos no sofá em que estava, e dormiu, sonhando com crocodilos.

II

Mas Qayitz me deixou um presente em cima da mesa antes de sair. Era uma edição (rara) de Robert E. Howard: uma história de Conan, com ilustrações de N. C. Wyeth. Trazia a dedicatória:

"Do seu mais recente amigo (como você pôde viver tanto tempo sem me conhecer? E vice-versa?) — Qayitz, Senhor do Verão."

Não era por achá-lo potencialmente cruel, e irresponsável, que eu deixava de achá-lo *quite charming*.

III

E é de fato o fim da aventura material de Júlio Dapunt. Dali a seis meses ele morreu; e durante todos esses seis meses, aos olhos de quem o visse na rua, aos olhos de quem o visse na faculdade, aos olhos dos pais e dos parentes e da empregada doméstica, nada de especial aconteceu com ele. Faltou alguns dias na faculdade, por preguiça, mas ele sempre havia sido de faltar. Faltou alguns dias na academia de ginástica onde fazia natação, mas ele nunca havia sido disciplinado mesmo. E ficava muito na cama, dormindo, ou sonhando acordado, sabe Deus com o que — mas não muito mais do que o normal.

Cheguei a checar na faculdade, pesquisei, perguntei. Nenhuma daquelas garotas notou nada: nenhuma mudança; nenhum olhar de súbito orgulho, desejo ou ambição. Perguntei a uma Flávia ruivinha e linda, e tudo o que ela disse, e eu diligentemente anotei, foi "coitado, né? Morreu".

E no entanto em um caderninho do Júlio ao qual consegui acesso depois d'A Morte (grafada em maiúsculas, sim, a Única Morte do Universo), uma espécie de diário, no qual ele não escreveu nada a não ser uns resultados de uns jogos de vôlei da seleção, encontrei: "15/11 — acordei cedo e pus a roupa que eu comprei ontem, vou agora para a fac. com esta roupa meio espalhafatosa que não me cai muito bem. Flávia e Renata têm aula comigo hoje."

Só isso. Bom, pelo visto, Flávia e Renata não notaram a roupa meio espalhafatosa que não lhe caía muito bem. Não notaram nada dessa última tentativa de aventura e domínio no reino de Malkuth. Foi uma última tentativa isolada, ele já havia desistido desde o episódio da 4 × 4 branca de Renata Vaccari, não sei bem o que deu nele, e tudo o que eu e a posteridade temos para especular é essa anotaçãozinha no seu diário.

E esses mesmos seis meses de vida apagada na matéria foram os mesmos seis meses de vida de glória no Paraíso. Que o brilho da vida número dois não tenha refletido na vida número um é um dos mistérios do universo. Eu não faço ideia de como isso foi acontecer. Por que, quando fui investigar essa Flavinha ruivinha e lindinha na PUC, ela não disse "Oh sim, Júlio Dapunt, como ele mudou de repente antes de morrer, que porte, que olhar cheio de orgulho e desejo e ambição!"?

E a verdade é que ele foi muito paparicado; e pelos espíritos mais capazes de paparicar no universo.

IV

A última linha do último capítulo é uma descrição precisa dos fatos. Ninguém é capaz de imaginar o poder de agradar, mimar, paparicar, encantar, etc., que espíritos como Qayitz ou Pul ou Casmiros ou Débora têm, quando querem ter — é inimaginável e não pode ser julgado por nenhum padrão humano. Nada do que você possa ter experimentado em uma vida normal é parecido — nada. Eu mesmo não sei do que estou falando, não faço a menor ideia, mas sei que é verdade e sonho com isso, todas as noites, antes de dormir.

Eram (e são) espíritos criados para serem mimados, e não para mimar: os caçulas voluntários do universo. Mas o hábito de esperarem do universo apenas o que é bom, maravilhosamente bom e deliciosamente bom, criou personalidades sem asperezas, fáceis, dóceis, e com uma capacidade de sugerir aos outros, com um sorriso só, ou com o tom da voz, que a vida pode ser sem aspereza, fácil, dócil, boa, maravilhosamente boa, deliciosamente boa.

E eles todos voltaram essa capacidade para uma pessoa, Júlio Dapunt, durante seis meses de contínuo verão.

Que o leitor se recolha ao seu quarto para meditar sobre o significado disto.

V

Aquela tarde, por exemplo, passada na casa da família Ricoère, de Marcel Ricoère, o historiador da prostituição de luxo francesa do século XIX. O homem que era capaz de se lembrar de cada Mimi e Naná e Georgette de cada *maison* da Paris de Napoleão, o Pequeno. A casa ficava no bairro velho de Quaresmeiras, perto da coluna de Sinufer, numa rua estreita habitada principalmente por anjos, e mais *fashionable* impossível. Era decorada com um luxo solene, pesado, quase macabro, com pés-direitos altos, salas pequenas abarrotadas de móveis de carvalho, e um papel de parede azul empoeirado. Parecia (e era) a casa de uma família tradicional de magistrados franceses, gente que já era eminente no século XIV, e enquanto comíamos queijo e bebíamos vinho do Porto na grande mesa da pequena sala (nós sendo Marcel Ricoère *et fils*, Paulo Marinus Prikker,

Cupra, Eugène Porchat Balladour — o estilista e fotógrafo de moda do período anterior à Primeira Guerra — e eu), enquanto comíamos e bebíamos, os solenes antepassados do anfitrião entravam de vez em quando, de passagem para a sala onde os Ricoères fumam charutos, lendo livros sobre jurisprudência ou manuais japoneses de masturbação. Conversávamos, na mesa, sobre Júlio Dapunt. Marcel Ricoère dizia que a antiga *maison* de Mme. Lúcia Mendez na Notre Dame de Lorette, que funcionou de 1872 a 1890, deveria ser minuciosamente reconstruída para alegrar a Coisa Não-Deus *(le chose non-dieu)*, com Claudette Yveport, Yoko, Koko, Claudia "La Bouche", Catherine, etc., todas no auge da juventude de novo. Eugène Porchat disse que ainda se lembrava de Claudia "La Bouche"... Eu estava mal-humorado, porque havia ido para o almoço esperando encontrar Débora lá, mas era já tarde avançada e nada de ela aparecer. A pronúncia dos franceses quando falavam inglês (a conversa mudava de língua rapidamente) lembrava Maurice Chevalier, mas, *thank heaven for little girls*, onde estava a minha Gigi? Hein? Minha Yoko, minha Koko, minha Leslie Caron?

E então de repente Eugène Porchat disse, e eu traduzo do francês para um português bem castiço, porque acho que o francês fica traduzido mais bonito no português castiço: "Oiçam lá! Estão a ouvir algo lá fora?"

Nos pusemos a ouvir com atenção, olhos postos na toalha branca da mesa, em atitude de concentração, e antes que eu ouvisse alguma coisa Cupra disse que aquilo era a fanfarra que havia sido organizada para festejar a presença de Júlio Dapunt em Quaresmeiras Roxas. Ouvi ao longe uma corneta estridente, e um som de atabaque, e gritos, e dali a pouco o som foi ficando mais intenso e mais distinto, como se a fanfarra se aproximasse.

— Gratificação infantil do ego — Paulo Marinus Prikker disse para mim, e depois lembro que concluiu, dando de ombros: — Por que não?

Sim, de fato, por que não? Era o que restava para Júlio Dapunt. O som a certa altura aumentou muito de repente, porque o cortejo havia entrado na rua em que estávamos, e ficou ensurdecedor a ponto de os ouvidos doerem e as paredes estremecerem, não apenas ao som dos atabaques e pandeiros e tambores e flautas e rabecas e gritos, mas ao som de um contínuo tum, tum, que fazia a prataria chacoalhar e deslizar nas bandejas. Corremos todos para as estreitas janelas que davam para a rua. Estávamos no primeiro andar, e os galhos de um abacateiro tapavam quase todo o nosso ângulo de visão. Vi o pescoço de uma girafa, só o pescoço, passar ao alcance do meu braço, fazendo um barulho suave ao raspar nas folhas do abacateiro, com o sol batendo em alguns lugares e a pesada sombra das folhas em outros. E gente passava na rua, arrastando serpentinas, algumas mulheres com os seios cobertos de tinta apenas.

O contínuo e lento tum, tum era do enorme e enrugado elefante sobre o qual estava sentado Júlio Dapunt, o menino-deus que ia morrer, todo coberto de joias e uma bela cota de malha militar. Um anjo que eu não conhecia voava na frente, mais alto que os telhados da rua estreita, conduzindo o elefante por uma coleira. Lembro de ter pensado que o movimento do grande elefante e o bater das asas do anjo se pareciam mais com os efeitos de animação de massinha dos filmes de Ray Harryhausen do que com os efeitos computadorizados de filmes mais recentes. Efeitos computadorizados parecem mais realistas, claro. Mas quando você realmente vê o movimento de um monstro ou de um anjo, de uma sereia ou de qualquer outra coisa excepcional, você estranha tanto que o movimento não parece realista. Ele parece truncado, como um monstro de massinha filmado quadro a quadro. Isso foi algo que me surpreendeu.

O elefante era gigantesco. Júlio Dapunt, em cima dele, era como alguém tomando sol no alto de um rochedo.

O elefante era quase largo demais para aquela rua, e às vezes esbarrava onde não devia esbarrar. Quando passou pela nossa janela, alguns galhos do abacateiro estalaram e caíram no chão. Um dos antepassados de Marcel Ricoère saiu para a rua, para protestar.

É claro que ninguém prestou atenção nele.

VI

Hoje existe uma placa na entrada dessa rua (a entrada do lado do largo da coluna de Sinufer) onde se lê: A CO-MITIVA PASSOU POR AQUI. Todo o caminho da comitiva está marcado por placas. Os recém-chegados, passeando a pé, perguntam o que elas significam, achando sem dúvida que elas se referem aos tempos heroicos, e às festas heroicas, de Sinufer. São devidamente corrigidos pelos moradores antigos.

De modo que, se eles queriam paparicar, paparicavam; e sabiam fazê-lo. Mesmo Qayitz, sobretudo Qayitz, em noites menos egoístas do que aquela a que me referi.

Júlio Dapunt passou seis meses assim. Quando me via (a períodos intermitentes) ficava sério. Ou ele estava começando a ficar exigente com relação ao nível de charme das pessoas com que lidava, e por isso não falava comigo, ou com relação ao nível de paparicação; ou talvez, ainda, sabendo que eu estava em Quaresmeiras Roxas para observá-lo nos seus últimos dias e vê-lo morrer, se deparar comigo de repente em um jantar era se lembrar de que ele era, afinal, a Coisa Não-Deus. Mas mesmo assim, mesmo que a minha visão fosse desagradável para ele, ele parecia me procurar, depois da reação inicial ruim. Chegava até mim, em silêncio, com um sorriso sem graça, e esperava que eu fizesse perguntas. Às vezes eu não entendia o que ele dizia —

a dicção dele era ruim. Não me lembro de nenhuma conversa específica que valha a pena ser registrada. Às vezes ele dizia, meio de brincadeira, me vendo anotar qualquer coisinha num bloco de notas: "Escreve aí que eu gostava dos filmes do Dirty Harry." Ou "Escreve aí que se eu tivesse tido tempo eu teria sido o vocalista de um grupo de rock, e que eu iria fazer sexo com todas as *groupies*". Coisas assim. Acho que ele havia perdido um pouco do nervosismo que vem quando sentimos a nossa personalidade ser abafada pelo mundo. Acho. Não sei.

Uma coisa eu sei: que esse abafamento da sua personalidade não era mais um problema de falta de autoconfiança. Estar lá, ser homenageado, perceber tantas pessoas interessadas nas menores facetas da sua personalidade, devia ter (suponho eu, estando de fora de dentro da sua mente) acabado com o que houvesse de falta de autoconfiança. E no entanto sua personalidade continuava a ser, como direi?, secundária. Estando com quase qualquer outra pessoa, a sua personalidade era dominada. Se você o visse conversando com outra pessoa, os seus olhos iriam inconscientemente para a outra pessoa.

Isso acontecia até com o Sr. Hermelindo: meus olhos escorregavam sempre do Júlio para aquele senhor feioso, que Júlio Dapunt às vezes procurava porque gostava de acreditar no que ele lhe dizia: que os anjos eram na verdade espíritos "desencaminhados" e que ele, Júlio Dapunt, era tão imortal quanto qualquer um. Mas Júlio sempre acabava por abandonar o Sr. Hermelindo, porque, embora o que ele dissesse fosse na teoria mais agradável, a companhia dos anjos era mais divertida.

Naquela tarde, na casa de Marcel Ricoère, recebi o convite para passar ali o Machiná-no-Deva (que ele, como francês, pronunciava acentuando as últimas sílabas de cada palavra). E foi nessa festa que Júlio Dapunt morreu.

Parte dois: A única morte

Capítulo 1
O último almoço de Júlio Dapunt

I

CRIS LEBRUN, O HISTORIADOR DE RELIGIÕES, é da opinião de que a palavra Machiná-no-Deva é uma corruptela de Makimámno-Leva, ou de Makimámno-Lemna, paradisíaco do século IV antes de Sinufer, que quer dizer, pura e simplesmente, Aniversário de Lemna — Lemna ou Leva sendo uma figura mitológica representada sempre em uma troica ou em um carrinho de neve, um garoto (segundo as histórias orais a seu respeito, reunidas por Faber em forma de livro — *Les Contes du Frère Leva*, Quaresmeiras, 1742) muito esperto. A festa me parece uma mistura de Natal e 1º de abril. Pregam-se pequenas trapaças aos outros, como se diz que Leva ou Lemna fazia. E como Leva ou Lemna, sempre que necessário, fugia com seu carrinho de neve com uma velocidade fabulosa, agora, no Machiná-no-Deva, seguindo uma tradição de pelo menos mil anos, fazem-se corridas de troicas entre vizinhos. E, como no Natal se colocam Papais Noéis em todos os lugares, no Machiná-no-Deva colocam-se imagens de um garoto, com um carrinho de neve, nas portas das casas, nas paredes, nas mesas — e bonecos grandes e coloridos do mesmo Leva ou Lemna nas esquinas e nos telhados. O próprio Faber me contou as histórias de Leva uma vez, na frente de sua grande lareira na sua casa no bairro do Algodoado, e eu talvez conte essas histórias um dia.

II

Uma tarde dessas, depois de eu ter pedido informações sobre as festas de Machiná-no-Deva para escrever este capítulo, Débora me levou para conhecer a Biblioteca Ende na zona central de Marsupiais. Ela ia a caminho de um almoço na casa de um falecido embaixador argentino no Japão, e me deu carona em uma lambreta; ela usava óculos escuros, eu na garupa a segurava pela cintura, e isso vai sempre fazer parte das minhas memórias erótico-sentimentais. Ontem à noite voltei a visitar a Biblioteca Ende, que é muito, muito grande, pavilhões inteiros, e uma estante de meio quilômetro de comprimento só com livros de *sword and sorcery*, Robert E. Howard, Lord Dunsany, e muitos outros autores que eu não conhecia, de modo que prevejo que, em minha casinha na Nemyie Mamola Mur, depois de morto, vou ter que fazer visitas frequentes a Marsupiais. Mas enfim, ontem à noite passei direto pela tal estante, pedi ajuda a um bibliotecário, e ele me levou ao pavilhão de folclore e mito. Havia pelo menos duas estantes de cem metros sobre as festas do Machiná-no-Deva. Um escritor policial de Quaresmeiras, chamado Versos y Mola, havia escrito um romance chamado *Assassinato no Machiná-no-Deva*, no qual um espírito tenta descobrir quem acabou de assassiná-lo; os ruídos das festas atrapalham a sua concentração, e ele nunca descobre o assassino, embora o leitor inteligente descubra. Charles Dickens, antes de ter nascido como Charles Dickens (estas informações constam da orelha do seu livro), havia escrito em 1793, em italiano, um romance chamado *O Machiná-no-Deva do Subtenente Bauducco*. Agatha Christie, que morava em Descontínuo, uma cidade a setenta quilômetros de Quaresmeiras, havia escrito em 1989 *The Disappearence of Annabella Topplewhaite*, um caso de Miss Marple ambientado em Quaresmeiras durante o Machiná-no-Deva. Sir James Frazer, morando logo ali perto em Pilares Castanhos, havia escrito em 1957 *The Origins of Machiná-nu-Deva* (*sic*), no qual associava a festa a outras cerimônias atlético-religiosas de 4.000 anos antes de Sinufer. Em todo caso, não importa — mas foram momentos de absorção feliz os que passei nos pavilhões da Biblioteca Ende.

III

— Como vai? — disse Marcel Ricoère, sorrindo e me estendendo a mão fria. — Feliz Machiná-no-Deva. Estamos tentando fazer uma festa como as tradicionais, só para você ver — e me deu uma palmadinha no ombro.
— Você vem amanhã também, não vem, para a Festa da Consagração do Linho?

Agradeci os cuidados o melhor que pude. Ele reunia em si a calorosidade que o resto da família não tinha.

Fazia dezoito semanas que eu não visitava o Paraíso — dezoito semanas sendo obrigado a ver, profissionalmente, filmes de diretores indianos terrivelmente preocupados com as condições de vida nas favelas de Bombaim. Eram onze horas da manhã em Quaresmeiras Roxas, uma manhã nublada mas clara de materno, as ruas cobertas de gelo, e o ar seco soltando faíscas e pequenos choques elétricos. No hall de entrada da casa de Marcel Ricoère além do próprio estavam Júlio Dapunt, Paulo Marinus Prikker e Eugène Porchat Balladour, de pé para me receber. Júlio Dapunt apertou a minha mão simpaticamente, dizendo "Olá!". Eugène Porchat Balladour (todo vestido de vermelho) disse algo para mim em francês, tão rápido que eu não entendi nada. Marinus Prikker, com um copo de uísque na mão, as bochechas tão vermelhas quanto as roupas de Balladour, ria; já estava meio mamado. E por trás deles um monte de gente na outra sala, sentados ou em pé, um terço dos quais anjos, entre eles Cupra e

Qayitz, Moakkibat e Munkar, e dois terços desasados elegantemente encapotados, abarrotados, entre os quais Débora, João do Rio, o embaixador argentino no Japão, um chocolatier suíço, três irmãs escocesas que eram desenhistas de histórias em quadrinhos (haviam criado um certo Mimmla, muito popular por lá), Evelyn Waugh, Louise Brooks (sentada linda em um canto), um padre católico conhecido por escrever romances eróticos, Mário de Sá-Carneiro e um príncipe cigano.

Havia imagens de Leva ou Lemna por todos os cantos, de cera ou madeira: um garoto de uns 10 anos, cabelos pretos, usando casaco e botas, com um trenó de brinquedo debaixo do braço. Em cima da lareira havia um quadro pendurado como parte da decoração de Machiná-no-Deva, que não estava lá no dia em que Júlio Dapunt havia desfilado no elefante, e Paulo Marinus Prikker, vendo que eu olhava para o quadro, disse, "É um Jordaens", com orgulho pela sua ascendência belga. O quadro representava uma festa de Machiná-no-Deva, com pessoas ao redor de uma mesa, comemorando. Além do quadro e das estatuazinhas de Leva ou Lemna, chamavam a atenção os pratos de frutas cristalizadas e queijos e algo chamado "lemes" em cima da mesa, os talheres e os pratos todos de cobre, e as "velas de gelo" — que não são de gelo, naturalmente, mas parecem, e são frias. Marcel Ricoère me conduziu até a mesa e me fez comer frutas cristalizadas.

IV

Foi naquela sala que comecei a perceber os estalos e fagulhas que, de vez em quando, estouravam no ar. A primeira fagulha que vi fez o cabelo de Júlio Dapunt levantar um pouco da testa, e ouvi um estalido seco como os que se ouvem quando se põe lenha no fogo. Todos nós rimos do susto de Júlio Dapunt. Ele também. Marcel Ricoère perguntou se ele havia sentido um pequeno choque, e Júlio disse que não. Louise Brooks e as pessoas mais distantes olharam também para ver do que havíamos rido; Louise Brooks gritou do sofá para Júlio Dapunt, em inglês, que algumas pessoas acreditavam que aquelas fagulhas aumentavam a potência sexual — *some people believe it increases your sexual potency* — não que você precise, Júlio, ela continuou dizendo — *Not that you need it, Rrrúliou* — e dessa vez todos os que estavam na sala riram.

Fiquei olhando a sala com calma — a luz prateada do dia nublado entrando pelas janelas estreitas — procurando ver as fagulhas no ar. E logo vi uma estourando cinco centímetros abaixo do teto, acima do quadro de Jordaens, e logo outra, no ar, a meio metro do rosto de Cupra, e outra, bem pequena, nas costas de um antepassado de Marcel Ricoère. As pessoas nem prestavam atenção. Mas eu prestava — ali, encostado naquela mesa, comendo frutas cristalizadas. Aquela sala de móveis escuros, alegre apesar da severidade da mobília, iria ser, em menos de duas horas, o cenário da morte de Júlio Dapunt — em pleno materno, como não sei bem que pitonisa havia profetizado, e todos nós vagamente acreditávamos.

V

Antes do almoço ser servido, Ricoère me pediu que o ajudasse a trazer umas garrafas de vinho da adega de Casmiros. Fomos eu, ele, Júlio Dapunt, Débora e Paulo Marinus Prikker. Atravessamos a pé o largo da coluna de Sinufer, onde pessoas aos pares apostavam corrida de trenó na geada muito fina que brotava do chão e flutuava para o céu, quando não entrava pelas pernas das nossas calças, e continuamos pelas ruas curvas, de grama coberta de gelo, que cortam o bairro novo. Não fazia frio, ou pelo menos não muito — lembro que Débora tirou o casaco e ficou de braços de fora... Todos nós nos oferecemos para carregar o casaco, mas ela não quis.

Antes de chegarmos na casa de Cupra, Débora disse baixinho para o Paulo Marinus, de modo que Júlio não ouvisse:

— Pul não vem mesmo?

— Hoje? Não. Nós estamos ocupados com um texto que ele está escrevendo, sobre matemática, pelo que pude entender. Antes do jantar vou ter que voltar para ajudá-lo.

O texto não era sobre matemática, e ficou célebre, como defesa do irracionalismo e do mimo e de sua aplicação ao caso Júlio Dapunt. Mas Paulo Marinus Prikker não sabia de nada, ainda.

— Mas que merda, Paulo — Débora disse. — E se tudo acontecer hoje?

Era o que todos falavam: que ia acontecer naquele dia.

— Mas o que é que Pul pode fazer? — Paulo disse, dando de ombros, defendendo o seu biografado (sua biografia de Pul estava naquela altura com quase trezentas páginas).

Mas eu e Marcel Ricoère e Débora, e acredito que o próprio Paulo, como todos os outros, estávamos chocados por Pul e Sinufer não se darem ao trabalho de aparecer. O Machiná-no-Deva na casa de Marcel Ricoère havia sido muito concorrido, por contar com a presença de Júlio Dapunt, mas Ricoère havia feito a sua lista de convidados, com base no seu gosto pessoal, e disse não a muitos anjos, inclusive. Disse não, entre outras pessoas, a Balzac, que havia viajado de longe e estava hospedado logo ali no Bairro Velho — parece que Ricoère e Balzac não se davam. Mas Ricoère havia mandado um convite para Pul, na verdade havia entregado o convite em mãos, e havia dado outro convite ao Anjo da Introspecção para que fosse entregue a Sinufer. E na verdade nem Sinufer nem Pul apareceram naquele almoço. Débora estava zangada, eu estava um pouco chocado, e Paulo um pouco envergonhado; mas, enfim, talvez nada acontecesse naquele dia. Ninguém tinha certeza.

Júlio caminhava em silêncio, parecendo satisfeito, chutando gelo e observando as troicas e os trenós estacionados nas frentes das casas pelas quais passávamos.

— Olha — disse Débora, apontando para um grande trenó cor de cobre, realmente bonito, na frente da casa de Qayitz. — Um trenó profissional.

(Existem de fato os jogos olímpicos de materno, que acontecem duas semanas depois do Machiná-no-Deva, em Marsupiais, e Qayitz sempre participa com o seu trenó Schindler-Meyer profissional.)

Vi por cima das árvores a escultura alcoólica em vidro da casa de Cupra bem antes de ouvirmos as araras gritando. Johann estava lendo um livro no corredor de terra batida, no meio da barulhada. Ele e Débora desceram até a adega e voltaram com uma caixa de vinho Nahmum, da região de Pilares Castanhos, e cada um de nós voltou carregando uma garrafa em cada mão.

No caminho de volta até a casa dos Ricoères, notei como a maioria dos moradores de Quaresmeiras eram educados; quer dizer, é claro que todos eles ali andando na rua estavam morrendo de curiosidade para ver Júlio Dapunt, mas eles se controlavam, e ninguém o encarava (exceto os que já o conheciam). Paulo Marinus, com quem eu comentei isso, concordou. "Exatamente, exatamente, você também notou." A voz dele estava meio pastosa pela bebida.

Na rua da Amiga de Sinufer (nunca entendi por que essa rua se chama assim. O Coronel Chablis escreveu um livro a respeito, mas nunca o li) havia velas de gelo postas na calçada a cada dois metros.

VI

Na rua de Marcel Ricoère encontramos Henry Ricoère apostando corrida de trenó com um vizinho; Louise Brooks, Evelyn Waugh e o padre católico acompanhavam a corrida na calçada, com os parentes do vizinho. Achei tudo muito divertido. Henry Ricoère venceu. Quando íamos entrar, Júlio Dapunt disse, reunindo coragem, que queria disputar uma corrida com alguém.

Henry Ricoère lhe emprestou o trenó com boa vontade, e foi perguntar ao grupo de vizinhos se alguém queria disputar uma corrida com Júlio Dapunt. Débora queria ir, mas Henry Ricoère disse que tinha que ser um vizinho, e eles acabaram acertando que Júlio ia correr com um certo Vuvu Gracias. Júlio Dapunt e Vuvu Gracias foram até o fim da rua com os trenós debaixo dos braços, e, na calçada, havia uma espécie de ciumenta disputa paralela entre Louise Brooks e Débora para ver quem torcia mais por Júlio Dapunt.

A corrida começou — desajeitadamente da parte de Júlio. Mas no final nunca fiquei sabendo como acabou, e acho que ninguém ficou sabendo, porque, quando

Júlio e Vuvu Gracias mal haviam avançado dez metros, foram ultrapassados por Qayitz e Marion Delorme que apostavam também uma corrida entre eles, em trenós profissionais, e com muito mais velocidade, aproveitando bem um aumento súbito da geada ascendente. Qayitz parou bem na nossa frente, tendo vencido a corrida com grande vantagem. O caso é que, enquanto voltávamos com o vinho, Qayitz havia tomado um atalho pela rua do Almirantado (antiga rua dos Quatro Costados) até sua casa e seu magnífico Schindler-Meyer profissional cor de cobre. Marion Delorme também havia usado um Schindler-Meyer profissional, não tão vistoso quanto o de Qayitz.

E era sempre assim, pensei quando entramos todos: o que Júlio Dapunt faz, por um motivo ou por outro, passa sempre despercebido; sua voz é abafada pelas vozes dos outros, sua própria existência sendo momentaneamente esquecida pelo surgimento de um trenó Schindler-Meyer cor de cobre conduzido por Qayitz em uma corrida com Marion Delorme. Como Dorothy Parker disse de Fitzgerald, citando *O Grande Gatsby*: "Pobre filho da puta."

VII

Existem muitos relatos daquele almoço de Machiná-no-Deva. Mário de Sá-Carneiro escreveu o seu, Evelyn Waugh escreveu o seu, George e Anne Ricoère escreveram os seus. Eles acharam importante guardar para sempre as mínimas reações de Júlio Dapunt em face da morte, e, se vocês os lerem, vão ter a impressão de que Júlio reagiu angustiadamente, impetuosamente, sofridamente, corajosamente, covardemente — de acordo com o autor que estiverem lendo.

Mas a minha impressão é justamente que Júlio não reagiu de forma nenhuma. Você estava lá, sentado àquela mesa, esperando que Júlio fizesse um discurso desesperado de protesto, ou um discurso tocante de despedida, ou que pelo menos gritasse e espetasse um garfo no rosto de alguém... Você esperava isso, não para se divertir e ver um espetáculo enquanto faz a digestão — esperava por isso porque a situação era exasperante, não era?, e era inumano não ter uma reação qualquer. E as reações dele, se existiam, eram realmente mínimas: parecer distraído, morder o lábio inferior em sinal de desagrado, resmungar alguma coisa que ninguém ouviu, ou ficar repentinamente ereto na cadeira, olhando para a parede com uma cara, não propriamente orgulhosa, mas de alguém que quer ser orgulhoso — a minha opinião é que ele queria reagir (talvez, talvez), mas não conseguia vencer a timidez, ou, o que é pior, não sabia muito bem como reagir de forma magnífica, de uma forma que todos achassem magnífica.

Mas, se você ler o Sr. George Ricoère, vai achar que "Júlio Dapunt diversas vezes deixou cair a cabeça nas mãos em sinal de angústia, de maneira que apenas

Victor Hugo poderia descrever". Anne Ricoère sugere que Júlio Dapunt "se retirou da mesa por diversas vezes para declarar sua paixão por Débora Ferreira Lobo", insinuando assim que essa paixão teria dominado todos os pensamentos de Júlio antes de ele acabar.

Paixão? Bom, sim, de certa forma. A minha opinião é que Júlio Dapunt se sentia, claro, inclinado por Débora, talvez até o ponto de uma paixãozinha, mas Débora devia estar longe de lhe absorver toda a atenção. Louise Brooks sentada à ponta da mesa, Anne Ricoère sentada ao lado dele — ele mantinha um olho para elas também. Ele se babava, para dizer a verdade. E ele e Débora se retiraram da mesa apenas uma vez, e não "diversas vezes", como diz Anne Ricoère. O que quero dizer é que é absurdo pintar Júlio Dapunt sublimemente apaixonado.

— Você parece a Debby Harry, que fazia parte do Blondie — lembro que ele disse, durante o almoço, para Débora, sorrindo bobalhão.

Teve que repetir, porque os outros falavam mais alto, mas nem Débora nem eu sabíamos quem era Debby Harry, que havia feito parte do Blondie.

VIII

Estávamos almoçando em três ou quatro mesas em dois andares, porque a sala era pequena para uma mesa muito comprida, e algumas pessoas almoçavam sentadas no sofá com o prato no colo, e Qayitz almoçava sentado nos degraus da escada que subia para o andar de cima. Alguns dos Ricoères mais jovens também almoçavam sentados nessa escada, mais acima de Qayitz. Todos conversavam normalmente, considerando, sem dúvida, que ficar silenciosamente observando Júlio Dapunt, ou mesmo respeitar muito a vez dele falar, seria, além de indelicado, mórbido... não seria? Paulo Marinus Prikker concordou comigo.

George Ricoère diz que a sala tinha "uma animação artificial e histérica". Bobagem! Diz também que "enquanto falavam, todos olhavam com os cantos dos olhos para Júlio Dapunt". Isso tem um pouco de verdade, talvez, mas dito assim é um exagero. Uma pessoa que entrasse ali sem saber de nada acharia o comportamento de todos normal.

Escutem, não estou querendo dizer que nada escapa ao meu maravilhoso poder de observação. Algumas coisas escapam; mais até do que eu gostaria. Mas os senhores George e Anne Ricoère, e outras pessoas que nem estavam lá, fofocam sobre coisas que nunca existiram: sobre Qayitz atacar Júlio Dapunt por mera crueldade, sobre Qayitz atacar Paulo Marinus Prikker, sobre Cupra ter ciúmes de Débora por minha causa (o que é absurdo), e sobre algumas outras correntes de relações humanas inobserváveis para qualquer olho humano normal.

Qayitz não atacou nem Júlio Dapunt nem Paulo Marinus Prikker.

O que aconteceu foi o seguinte:

Qayitz estava sentadinho na escada, comendo quieto o seu bacalhau na brasa com batatas a murro. Meia hora antes ele havia se trancado no banheiro com uma das escocesas quadrinhistas (essa fofoca eu passo adiante, tudo bem), mas naquele momento estava sentado comendo sossegado o seu bacalhau, na escada. De repente disse:

— Mas me diga aí, Paulo Marinus Prikker, quer dizer que o Pul virou vinicultor?

Da mesa em que estávamos, Paulo fechou o rosto, terminou de mastigar o que estava mastigando, e respondeu, se virando para trás:

— Não, Meu Anjo.

Qayitz sorriu para o Paulo, e Paulo voltou a comer. Não entendi, mas a maioria das pessoas ali sabia do que Qayitz estava falando. Mas vamos pela ordem. Depois de alguns segundos, Qayitz voltou ao "ataque":

— Mas então me diga uma coisa, Paulo Marinus Prikker. Será que o Pul não me emprestaria uma garrafa da adega dele? Hein?

Paulo esperou um bocado antes de responder.

— Quem sabe? — e se esqueceu de usar o respeitoso e optativo "Meu Anjo", que usava sempre que falava com anjos.

As pessoas faziam silêncio.

— Uma garrafa determinada, específica, hein? — Qayitz continuou, mostrando com a faca e o garfo o tamanho da garrafa. — Será que ele me empresta, hein? Hein, Marinus Prikker? Paulo Marinus Prikker? Hein? Hein?

Cupra resmungou, de muito e evidente mau humor, para que Qayitz calasse sua rica boquinha. Júlio Dapunt dava umas risadinhas abafadas. Marcel Ricoère, com ajuda de Débora, mudou de assunto, e passamos a comer o pudim.

Quando acabei a sobremesa me levantei e fui até a janela ver a paisagem. Um sol forte de início da tarde batia em cheio nas poças de água da rua, um pouco de céu azul começava a surgir, e um dálmata (Mr. Pinkerman) mijava tranquilamente numa vela de gelo posta no lado da calçada em que dava sombra. Senti um choquinho nas costas da mão, vi a fagulha estalar no ar e disse um palavrão, acho que foi ô merda, e Paulo, passando por mim, disse "merda duas vezes", com seu sotaque de carioca, *vêzish*.

Quando Débora passou por mim eu a agarrei e lhe perguntei que diabo era isso de garrafa de vinho sobre a qual Qayitz insistia.

IX

— Ah, não ficou sabendo, não?
A HISTÓRIA DO VINHO DO PRAZER
— Eu, não.

— Pois já conto. Sente-se aí nesse cantinho, *little scribe*.

Ela, às vezes, me chamava por esse vocativo que Qayitz havia inventado.

— E eu me sento aqui, assim, pronto, joelho contra joelho, para todo mundo fofocar sobre a gente.

Ela mostrou a língua para Cupra, que a observava em pé na outra ponta da sala.

— Bom. Você sabe, o anjo Pul tem uns quatro ou cinco secretários além do Paulo. Não que o Pul seja tão atarefado assim — ele tem muito orgulho de ser preguiçoso e desocupado, e é justamente para continuar preguiçoso e desocupado que ele tem esses secretários todos. Mas de uma maneira ou de outra todo mundo achou que, na ausência de Sinufer, era responsabilidade de Pul cuidar do caso do Júlio Dapunt. E o Pul colocou tudo nas costas do Paulo, porque o Paulo fala português, é brasileiro como Júlio, etc. — e nem se preocupou mais com o caso. O Paulo é que veio para mim e para o Cupra pedir ajuda, então nós ciceroneamos o Júlio por aí, coisa e tal, você sabe. Mas o Pul simplesmente se esqueceu da história toda, lendo lá os livros dele de teologia, dormindo, colecionando as tiras do Snoopy e do Calvin, passeando naquele palácio quilométrico lá dele. Ou comendo, né, porque aqui entre nós, ele tem os melhores cozinheiros daqui de Quaresmeiras: um italiano, um japonês, um... francês, eu acho, e uma mulher daqui mesmo que faz uns docinhos maravilhosos chamados (não vá rir, hein!) mamilos. Já comeu?

Ela riu, e eu me derreti, murmurando qualquer coisa óbvia do tipo "não, mas quero muito".

— Mas, eis que um belo dia... — ela continuou. — Eis que um belo dia, Pul mandou chamar o Paulo, que estava, eu acho (ele não me disse, mas desconfio) numa dessas orgias onde ele e o Marcel Ricoère costumam levar o Júlio. Mas não importa. Pul mandou chamar o Paulo, que, pum-pum-pum-pum, foi. Está gostando da minha maneira didática de contar a história? Pois então. Pul chamou o Paulo e contou para ele que tinha tido uma ideia. Agora me pergunta que ideia era essa.

— Que ideia era essa?

— O Pul mostrou ao Paulo uma garrafa que parecia ser de vinho, e que vinha — ela parou e levantou as sobrancelhas, em sinal de desagrado pelo trocadilho involuntário — numa caixa de madeira com serragem dentro. O rótulo dizia assim, em paradisíaco: Vinho do Prazer. O vidro da garrafa era verde-escuro, mas dava para ver que o líquido lá dentro tinha cor de vinho tinto. E o Sinete de Sinufer. Não é, Paulo?

Paulo Marinus, que estava sentado perto da janela, bebendo vinho do Porto, e que eu não havia notado que estava ouvindo nossa conversa, assentiu sim com a cabeça.

Débora, que havia tirado as botinhas de camurça, apoiou os pezinhos nos meus joelhos sem pedir licença, e se reclinou um pouco para trás, e eu, oh, passei por um processo fisiológico determinado que não nomearei.

— E então a ideia era a seguinte — ela continuou —, Pul concordava que o Júlio merecia todo tipo de compensação que pudesse receber, embora ele achasse que para nós todos pensar muito nele é ruim, porque qualquer prazer ou sofrimento que ele tenha é temporário, mas se nos apegarmos a ele vamos sofrer para sempre, pelo menos um pouco.

— No que tem razão — disse Paulo.

— No que tem razão, sim, está bem. Também não precisamos ficar chorando por aí. Mas continuando, Pul concordava que o Júlio merecia toda espécie de prazeres. Você talvez esteja achando que todos nós merecemos, eu também acho, mas é claro que o Júlio merece mais.

— Isso é discutível — Paulo disse baixinho, lá do seu canto. — Porque, se ele vai morrer, que diferença faz?

— Está bem, Paulo, então você merece mais — ela recolheu as pernas, *much to my regret*, e abraçou os joelhos, e os pezinhos continuavam visíveis, com os dedinhos contraídos, em cima do sofá. — Voltando à história, Pul concordava que o Júlio recebesse todos os prazeres que desse para gente dar para ele. Daí ele perguntou ao Paulo que espécie de prazeres o Júlio havia recebido nestes últimos seis meses. E o Paulo disse que todo mundo havia concordado que a melhor coisa para dar para o Júlio era sexo, com o que Pul concordou. Nesses seis meses eles devem ter ido a umas cem orgias pelo menos. Você pode imaginar, mulheres de todas as partes cheias de peninha do Júlio Dapunt. Depois o Paulo continuou dizendo que além de sexo eles haviam levado o Júlio para muitos lugares bonitos, Marsupiais, Costa do Coração, Descontínuo, Descontinuidade, etc. E que o Júlio havia adorado esses lugares todos. E depois levaram o Júlio para uns lugares horríveis, cheios de espíritos atrasados, com o Guarda Nipoturco, você conhece?, só para o Júlio matar a curiosidade. Acho que foram para o UQB e coisas assim. De modo que viveram aventuras. E além disso tudo o Júlio havia lido livros e visto filmes e conhecido pessoas, e havia sido bastante mimado com jantares e desfiles.

(Abro parênteses, já que ela mencionou o Umbral 4-B. Eu nunca vi Júlio Dapunt em uma orgia, mas o acompanhei na visita que fizemos ao UQB, que foi, para mim, muito melhor e mais gloriosa. Meus dias e anos passados lendo aventuras de lutas de espadas em terras distantes foram realizados! Nunca vou me esquecer do Guarda Nipoturco com sua proteção peitoral de platina, e sua barba coberta de grama seca, chefiando nosso pequeno exército; de nossa incursão à famosa Ala 10 do Umbral 4-B, nossa escaramuça com os espíritos ovoides nos corredores e escadas estreitíssimos de um cortiço gigantesco e labiríntico. Foi o lugar onde eu mais me diverti; serei eu um espírito muito atrasado?)

— Eu fui com eles para o UQB — falei, orgulhoso.

— E o Umbral La Maison Geneviève — disse Paulo, pronunciando cada sílaba com uma espécie de sarcasmo violento. (Os umbrais, como os prédios de classe média-baixa em São Paulo, quase sempre têm nomes pretensiosos em francês.)

Débora continuou.

— Mas o Pul disse que não era o suficiente, ao que o Paulo aqui replicou que, no caso do Júlio Dapunt, nada nunca seria suficiente. Não foi assim? Mas daí o Pul começou a contar dos espíritos que vivem na Nebulosa do Bruxo, e da Hedonologia, a Ciência do Prazer, e que eles haviam conseguido medir a capacidade de Prazer que uma pessoa sente em um dado momento, que eles haviam inventado uma medida padrão, sinuferes, em homenagem ao Sinufer. O próprio Sinufer, por exemplo, costuma receber, ou sentir, 420 sinuferes por dia, em um dia médio. Ele reflete de volta uns cinquenta por cento disso, para as pessoas em volta dele, por causa do charme. Charme é o sinufer refletido. Já uma pessoa média, na Terra, quando diz que teve um dia muuuuuito bom, deve ter recebido de 80 a 160 sinuferes naquele dia.

— Isso, 80 a 160 — disse Paulo, com uma expressão sonhadora.

Eu, de olhar para os pezinhos de Deborazinha, devia estar recebendo uns 200 sinuferes por minuto, segundo os meus cálculos cuidadosos.

— Felicidade — continuou Paulo — são cinco dias seguidos com uma média superior a 80 sinuferes.

— Bom, isso foi o que o Pul disse. Talvez seja meio absurdo medir essas coisas, mas talvez não, não é? Como vamos saber? Que mais que o Pul disse, deixa eu ver se me lembro. Que a média em Quaresmeiras

Roxas é 290 para os anjos e 150 para os desasados, o que é muito bom. A média em Marsupiais era 112. Ele disse também que ele, Pul, já havia registrado em si mesmo um máximo de 1.100 sinuferes em um dia. Não me pergunte fazendo o quê. E que isso não é nada, perto do que gente como Sinufer chega a sentir, às vezes: 10.000, 20.000 sinuferes em um dia.

— Cinco mil sinuferes em uma hora.

— Não é o máximo? — ela sorriu para mim. Eu concordei que era. — Todos esses sinuferinhos por todo lado? — concordei de novo, sentindo os sinuferes no meu sangue. — E Pul disse que, segundo essa gente da Nebulosa do Bruxo, teoricamente, não existe limite para o que alguém pode sentir. Bom. Mas o que importa mesmo é que Pul disse que bebendo aquela garrafa de Vinho do Prazer, das terras de Sinufer na Nebulosa do Bruxo, uma pessoa passa a receber 1.550 sinuferes por dia durante décadas. Décadas! E com uma garrafa só. Espera, Paulo, eu já sei o que você vai dizer. Não é propriamente o vinho que tem esse efeito todo. O vinho só deixa a pessoa suscetível, porque tem azimutes ou qualquer coisa assim, eu esqueci a palavra. Soava como azimutes. Enfim, depois de beber a garrafa inteirinha, a pessoa tem que entrar numa espécie de contato mental com Sinufer. Sinufer faz uma espécie de hipnose, e pronto.

— E o Sinufer estava disposto a isso tudo? — perguntei.

— Estava, segundo o que o Pul disse que o Anjo da Introspecção falou. Sinufer viria aqui, pessoalmente, e iria conversar com o nosso amigo Júlio Dapunt ali. Só isso, uma conversinha, e pronto! E tudo isso iria acontecer na minha casa, isto é, minha e do Cupra! Fiquei tão contente! Nem sabia que Sinufer tinha ouvido falar da gente. Bom, mas era isso, e Pul pediu que o Paulo convencesse o Júlio a aceitar a proposta e beber a garrafa. É claro que era a coisa mais lógica a fazer. Daí, pum-pum-pum-pum, o Paulo foi e falou com o Júlio.

— E aí? — perguntei.

— E aí? O Júlio disse que não! — Débora riu, olhando para trás e procurando Júlio Dapunt com os olhos. Júlio ainda estava na mesa, comendo mousse de limão, sem perceber que estávamos falando sobre ele, pobre diabo.

(FIM DA HISTÓRIA DO VINHO DO PRAZER)

X

Sinuferes, sinuferinhos. Na etimologia do meu coração (ugh) essas palavras vão ficar para sempre associadas a Débora Ferreira Lobo, porque foi na voz dela, na entonação dela, na modulação dela, que ouvi essas palavras pela primeira vez. Walt Whitman sabia o que estava dizendo quando escreveu *Oh, what is it in me that makes me tremble so at voices?*, e *Surely whoever speaks to me in the right voice, him or her I shall follow.* Acho difícil descrever a maneira exata com que ela disse essas palavras, sinuferes e sinuferinhos; ainda mais porque não tenho nenhum treino especial em transcrição fonética.

Qayitz se levantou da escada onde, depois de ter acabado de comer, estava brincando de esmurrar um dos Ricoères adolescentes (acho que Jean Paul, o colecionador de fauves que, como eu, era um "espírito de pijama", para usar a expressão de Paulo, e que estava ali enquanto o seu corpo dormia. Na vida material ele era o conselheiro artístico de uma grande fundação americana dedicada à pintura, e tinha ataques histéricos cada vez que ouvia a expressão "Artes Plásticas". Ali, em Quaresmeiras, era um adolescente rindo e botando coca-cola pelo nariz). Qayitz passou perto de nós (eu e Débora e Paulo), acho que tinha ouvido Débora contar o finalzinho da história do Vinho do Prazer para mim, e foi até onde o Júlio estava sentado terminando a sua mousse de limão, e ficou olhando para ele pensativo, até que perguntou (e é isso que George e Anne Ricoère chamam de "ataque", o que é ridículo):

— Por que você disse não, afinal?

Uma pergunta óbvia, não é?, mas o problema é que Qayitz perguntou com um sorriso que parecia que ele estava rindo da cara do Júlio Dapunt, por ter dito não. Mas ainda assim é um exagero chamar isso de "ataque", não é?

Considerando-se tudo, acho que Júlio Dapunt se saiu muito bem. Ele continuou comendo a sua mousse de limão e disse, sorrindo para si mesmo:

— Sei lá. Porque eu tive medo. O Paulo Marinus me disse que uma pessoa normal não consegue receber mais de mil sinuferes em um dia e ficar consciente ao mesmo tempo, porque você entra numa espécie de coma... porque você recebe tanto prazer que não consegue nem reagir aos outros estímulos externos... dizer bom-dia, sorrir, olhar para uma parede, viver a vida cotidiana com (aqui ele disse algo inaudível). E eu queria ficar consciente no pouco tempo que me resta.

Qayitz disse:

— Mas é claro que isso não faz diferença nenhuma, uma vez que a única coisa boa em sorrir e dizer bom-dia e essas coisas todas é a quantidade de sinuferes que você recebe com isso. Não é verdade?

Júlio terminou de raspar o prato e cruzou os braços em cima da mesa.

— Deve ser, mas eu tive medo, mesmo assim.

— Medo de quê? — Débora perguntou.

Júlio deu de ombros e respondeu alguma coisa que ninguém conseguiu ouvir, não fui só eu não, e isso deu margem a especulações, a mais provável delas que Júlio Dapunt teve medo de que, ao beber o Vinho do Prazer, estivesse recebendo não só uma espécie de inconsciência, mas que, com essa inconsciência, estivesse saindo prematuramente da vida. O que é irracional, mas muito compreensível.

XI

Mas Júlio Dapunt iria pagar caro pela sua recusa do Vinho do Prazer. A certa altura daquela tarde, Paulo Marinus Prikker, que estava sentado perto da janela olhando para fora, pareceu enxergar alguma coisa no fim da rua e me chamou.

Fui, e olhei pela janela, para o lado da rua onde fica a Biblioteca de Romances Policiais. É uma construção em madeira com um jardinzinho na frente. Uma das poucas casas naquela rua com jardim; *very charming*; conta-se que Churchill, quando morreu, passou oito meses lá dentro, lendo. Aqui no Paraíso Churchill é mais conhecido como autor de romances policiais, com a série de histórias do detetive-zoólogo Dr. Asper.

Na frente da biblioteca, no jardinzinho, havia lençóis encharcados de vinho de orvalho, estendidos em varais (uma das tradições da religião caçula para o Machiná-no-Deva), e no meio dos varais, meio escondido pelos lençóis, deitado em uma rede, o bibliotecário da Biblioteca dos Romances Policiais lia um livro, balançando a perna que pendia fora da rede. No ar estalavam, de vez em quando, as fagulhas elétricas típicas da estação de materno.

— Mais longe, no fim da rua.

Quase indistinguível no fim da rua vinha um pontozinho preto. Não reconheci de imediato, mas pressenti, talvez me baseando na expressão de Paulo Marinus, que era alguém vindo dar uma notícia muito, muito ruim.

— É o Anjo da Introspecção.

Paulo falou baixinho, de modo que só eu o ouvi. Na sala as pessoas continuavam conversando, jogando xadrez, estalando copos nas velas de gelo, bebendo cappuccinos, calvados, chocolate quente. Na rua, o Anjo da Introspecção vinha andando devagar, olhando os números das casas (com certeza procurando o nº 700, a casa dos Ricoères). Quando ele passou perto do bibliotecário que lia deitado na rede, pensei que ia perguntar onde ficava o 700, mas ele não parou, não perguntou nada. A sua progressão lenta ao longo da rua tinha algo de lúgubre.

Quando ele passou perto da janela eu o olhei bem, porque era a primeira vez que o via sem ser no escuro completo, só os olhos brilhando. Ele se vestia todo de preto, mas era um preto meio desbotado, e as mangas tinham manchas brilhantes que, se ele fosse uma criança, todo mundo diria que era ranho seco. Era mais para o pesadão; ombros largos, asas grandes, queixo quadrado. O cabelo era bastante preto e encaracolado, parecendo um tanto sujo; ele era muito pálido, e franzia o rosto todo, por causa da luz, já que ele gostava de viver em quartos pequenos e escuros, pensando trancafiado durante milênios.

Passou pela janela, olhou na direção do que supus ser o número da casa em que nós estávamos, e, saindo do nosso ângulo de visão, apertou a campainha.

XII

A campainha tocou. Lembro que naquele momento Marcel Ricoère, Júlio e Casmiros cantavam, para Simone Ricoère (uma mulher com cara de tia que tinha alguma reputação como historiadora militar), *The Illegitimate Daughter* (*"She's the illegitimate daughter of the illegitimate son of the illegitimate nephew of Napoleon"*), do musical político dos Gershwin, *Of Thee I Sing*.

Marcel Ricoère parou de cantar e foi ver quem era.

A princípio abriu só uma fresta, mas ao ver quem era escancarou a porta e convidou o anjo a entrar. O Anjo da Introspecção recusou o convite, fazendo "não" com a cabeça, e ficou dois ou três minutos dizendo algo em voz baixa para o dono da casa, o qual, de vez em quando, olhava para trás, para a sala, para Júlio Dapunt, que continuava conversando normalmente (ou melhor, ouvindo alguma história que Simone Ricoère lhe contava). Qayitz foi até a porta ouvir o que o Anjo da Introspecção tinha a dizer, e Marcel Ricoère deu um passo educado para o lado para permitir que os dois anjos conversassem entre si.

A essa altura muita gente havia parado de conversar e tentava adivinhar o que estava acontecendo na porta, exceto Simone Ricoère que, propositalmente ou não, não calava a boca, mantendo *Le Petit Chose Non-Dieu* distraído. Deborazinha deu uma cotovelada em Casmiros, que estava sossegadamente tentando estalar um copo na chama de uma vela de gelo, e Casmiros se levantou e foi até a porta participar da conversa também. (O padre diz agora que participou dessa conversa. Não, não, em momento algum.)

O Anjo da Introspecção, que aparentemente tinha terminado de dizer o que queria, se afastou, voando lentamente ao longo da rua a baixa altura. Eu o vi voar por cima da casa de um demonologista argentino (que conheci, casualmente, numa festa dada por Tiepolo, mas isso é outra história) e sumir. Na porta Marcel Ricoère, Qayitz e Casmiros ficaram algum tempo sem saber o que fazer... Marcel Ricoère fechou a porta devagarinho e andou todo cabisbaixo e pensativo até onde Júlio Dapunt estava, e pôs a mão no ombro de Simone Ricoère, para que ela parasse de falar um pouco. Ela parou.

Todos os outros pararam de falar também.

Marcel Ricoère disse alguma coisa para Júlio Dapunt. Qayitz, que estava perto, diz que o que Ricoère disse foi em inglês (Ricoère fala muito mal o português).

— Júlio? Você me dá um segundo? O Anjo da Introspecção veio com uma notícia muito ruim, Júlio. O seu corpo morreu há pouco menos de dez minutos, de ataque cardíaco, enquanto você dormia.

— Ataque cardíaco? — Júlio repetiu, em português.

Parecia mais estranhar a causa específica da morte do que estar horrorizado com ela.

Ninguém sabia muito bem o que dizer, e muito menos Júlio, que ficou olhando a toalha da mesa em que estava sentado, ao lado de Simone Ricoère (que havia desistido, é claro, de terminar a história que estava contando a Júlio Dapunt antes de ser interrompida). Durante um segundo Júlio fez cara de quem ia chorar, mas não chorou. Para quebrar o silêncio, uma das irmãs escocesas disse:

— Também, Júlio, você não fazia muito esporte, fazia?

XIII

E foi assim que Júlio se foi. Depois de tantas versões emocionais sobre os cinco minutos últimos de Júlio Dapunt (Oliver Cromwell, por exemplo, chorando e babando enquanto lia um poema narrativo seu sobre o caso, em uma cidadezinha na região chamada Terra de Descartes, a cento e poucos quilômetros de Quaresmeiras Roxas), acho que o melhor é dar a minha versão curta e seca, e é o que vou fazer.

Mas tenho que confessar que a minha consciência pesa um pouco. Embora eu tenha sentido tanta pena de Júlio Dapunt quanto todo mundo, e talvez um pouco mais porque eu havia conversado com ele cinco ou seis vezes, a verdade é que, durante todos aqueles meses em que eu havia acompanhado a sua história, eu havia ficado tão deslumbrado (sim, essa é a palavra) com o cenário em que ela se desenrolava, e com as maravilhas que se abriam, em potencial, ao meu espírito, que quando Júlio Dapunt morreu foi quase com um choque que eu tive que voltar a minha atenção para ele.

Deborazinha diz que este meu livro, por refletir essa deturpação de visão, se parece com aqueles quadros (o de Fra Angelico, por exemplo, na Galeria Nacional de Washington) de *Adoração dos Magos*, em que tanta atenção é dada ao luxo e às cores das túnicas dos Reis Magos, e à diversidade da paisagem, que o Bebê fica relegado a segundo plano. Acho que meu livro é assim. Minha falha. Mas, para falar a verdade, acho também que, como tema, talvez o Luxo seja superior ao Bebê. E esse epigrama fica servindo como minha desculpa artística, se é que preciso de alguma.

XIV

Ficamos algum tempo cochichando na sala.

Não sabíamos quanto tempo Júlio Dapunt ia levar para desaparecer. Ele próprio queria saber isso, e Eugène Porchat Balladour disse que havia lido em uma revista científica, editada por Júlio Verne em Pilares Castanhos, que, segundo Oesterley, pesquisador-chefe da Universidade de Paris IV, a estimativa de sobrevida de Júlio Dapunt depois da morte era de cerca de quinze dias. Essa afirmação, bastante errada (Oesterley havia feito uma estimativa bastante precisa de quinze minutos, segundo verifiquei mais tarde na Biblioteca Ende), não foi suficiente para deixar Júlio Dapunt aliviado. Ele continuava olhando para a toalha da mesa em silêncio. E, depois de algum tempo, disse com firmeza, olhando para o Paulo Marinus:

— Eu quero beber o Vinho do Prazer.

Paulo resmungou alguma coisa no sentido de que o Vinho era inútil sem a hipnose de Sinufer, mas percebeu que mais inútil ainda era dizer isso ao Júlio, e se calou, e foi andando rumo à porta para ir buscar a garrafa de Vinho do Prazer no palácio de Pul. Mas Casmiros, batendo as asas de repente e fazendo muito vento na sala, derrubando cadeiras e despenteando pessoas, voou até a porta, dizendo "Deixa que eu vou mais rápido", abriu a porta na frente de Paulo e saiu voando.

Paulo fechou a porta e voltou para perto de onde eu estava.

Cheio de energia e decisão, o príncipe cigano saltou da poltrona em que estava afundado e insistiu (em espanhol) para que Júlio Dapunt tomasse o seu uísque enquanto o Vinho do Prazer não chegava; e Júlio bebeu. (Na versão de Anne Ricoère, o uísque vira, inexplicavelmente, "conhaque". *Bullshit*.) Marcel Ricoère, bastante nervoso, nem esperou que o Júlio acabasse o uísque e lhe ofereceu tudo o que tinha na adega, champanhe, cerveja, vinho, vodca. Júlio fez que não com a cabeça (chegando mesmo a murmurar algo que entendi como "obrigado"), e continuou a beber devagarinho do copo de uísque.

Nicolette Ricoère, nesse exato momento, saiu correndo e chorando da sala, indo se trancar no seu quarto.

Ela é um espírito com a aparência de uma garota simpática de 14 anos, biógrafa de Lord Byron e Sir Richard Francis Burton. Ela me disse mais tarde que todas as noites depois daquele dia ela revê mentalmente a cena, só que, na imaginação, antes de sair correndo e chorando — e gritando *"Merde!"*, que é o que todo mundo ouviu — ela vai até o Júlio Dapunt ali sentado à mesa, tira o copo de uísque da mão dele e lhe dá um beijo na boca — e daí sai correndo. Júlio Dapunt teria gostado. Parecida com essa fantasia (esse arrependimento) de Nicolette é a fantasia de uma amiga de Marcel Ricoère, prostituta taitiana, Lola "The Lips" Mouton, que me disse que teria gostado de praticar a especialidade sexual dela com o Júlio, *in extremis*. Marcel Ricoère me diz que teria sido a melhor coisa possível para o Júlio, e não duvido, já que a eficiência, ou a maestria, de Lola nessa especialidade, segundo o próprio Marcel Ricoère no seu *Guide des Putes*, supera a da lendária Claudia "La Bouche". É engraçado isso, porque com muitas das mulheres com quem conversei depois daquele dia isso parece ser um sonho sexual recorrente: ter dado esse presente a ele, na sala dos Ricoères, enquanto Júlio Dapunt desaparecia. Ele teria gostado muito, ele teria gostado até de ficar sabendo disso, mas agora é tarde demais.

Júlio Dapunt, num acesso de claustrofobia, talvez, se levantou de repente e foi até a porta (tropeçando levemente no tapete, ainda com o seu desajeitamento habitual, e balançando muito os braços) e saiu para rua. Pensei que finalmente ia ver sua personalidade explodir num gesto qualquer de desafio, ou de autoafirmação, ou mais simplesmente de desespero. Todos saímos atrás dele.

Mas ele só deu uns três ou quatro passos na rua e parou, meio sem saber o que fazer.

Deborazinha, nervosa, apertava a minha mão com muita força.

— Não seria melhor chamar os pais dele? — ela perguntou.

Júlio ouviu isso e se virou para ela, abrindo a boca para dizer algo. Mas não disse nada.

XV

Os últimos segundos. O céu, agora, era de um acinzentado muito luminoso e vivo, que doía nos olhos. Lembro de ter visto uns três ou quatro (ou talvez cinco ou seis) anjos voando bem alto. Lá longe no fim da rua um anjo e três homens desasados de barba branca apostavam uma corrida de troica, se afastando de nós, e, mais perto, o bibliotecário continuava se balançando na sua rede, no jardinzinho da Biblioteca do Romance Policial, com uma pilha de livros de Arsène Lupin ao lado. Marcel Ricoère levou para fora uma cadeira da sala de jantar para que o Júlio se sentasse, mas o Júlio não se sentou. O Paulo ofereceu um charuto para o Júlio, mas o Júlio não fumou.

Nesse instante o Guarda Nipoturco surgiu no fim da rua. Vinha de bicicleta, os músculos enormes e feios das batata da perna visíveis de onde estávamos, a luminosidade insuportável daquele dia refletida no peitoral de platina e no metal da bicicleta, e quando chegou mais perto vimos na garupa uma caixa de madeira.

Era o Vinho do Prazer. O Anjo da Introspecção, segundo o que o Guarda Nipoturco disse, havia previsto que o Júlio Dapunt ia mudar de ideia no último momento e querer o Vinho do Prazer, mandando a garrafa antes mesmo que Casmiros aparecesse no palácio de Pul pedindo por ela.

O Guarda Nipoturco encostou a bicicleta no muro da casa de Dante Gabriel Rosseti (o qual, *by the way*, havia acabado de reencarnar em Buenos Aires), de onde vinham umas notas quase inaudíveis de piano. Depois o Guarda Nipoturco abriu a tampa da caixa de madeira, e tirou uma garrafa verde-escura, deixando cair um pouco de serragem no chão.

Marcel Ricoère correu para dentro para pegar um copo.

Débora fez o Júlio se sentar na cadeira que Ricoère havia deixado no meio da rua e ele se sentou. Ricoère voltou com o copo, tirou a garrafa da mão do Guarda Nipoturco, e encheu o copo de Vinho do Prazer. Júlio Dapunt aceitou o copo. Bebeu um gole. Saboreou um pouco, e depois bebeu outro gole.

Daí o copo escorregou da mão dele, batendo na quina da cadeira e caindo na grama coberta de geada, sem quebrar, e a geada absorveu o pouco de vinho que restava no copo.

A verdade é que houve alguma coisa esquisita na maneira com que o copo escorregou. O copo não deslizou nos dedos dele, o copo simplesmente despencou, como se o Júlio tivesse aberto a mão, coisa que ele não fez. O copo atravessou os dedos. Atravessou a coxa também, indo bater na quina da cadeira antes de cair no chão.

Júlio estava se desmaterializando. Ele percebeu isso e olhou, horrorizado, para o copo que havia acabado de cair. Eu olhei também, por puro reflexo.

Quando reergui os olhos, Júlio já não estava mais ali. Havia sumido. Acho que olhei no exato momento em que ele sumiu, porque fiquei com uma vaga impressão das linhas do rosto dele flutuando no ar. Não houve nenhum barulho. O bibliotecário, mais adiante na rua, continuava lendo deitado na sua rede.

Aconteceu tão rápido, que ficamos lá, parados, olhando para aquela cadeira vazia, toda entalhada, e na verdade muito bonita.

XVI

Fiquei com aquela impressão de irrealidade que a gente tem quando percebe que já aconteceu, antes que a gente desse por isso, uma coisa que se estava habituado a enxergar no futuro. Acho que os outros se sentiram assim também, naquela tarde, e também durante o anoitecer.

Lembro que entramos na sala, eu sentei no sofá perto da lareira, com Débora e Casmiros (que havia acabado de voltar do palácio de Pul), Paulo Marinus e Evelyn Waugh. Evitamos falar de Júlio Dapunt. Olhei fixo para o lugar vazio que ele havia deixado na mesa, e para as frutas cristalizadas que ele tinha deixado espalhadas na toalha; mas depois desviei os olhos. Uma das Ricoères (não lembro quem) serviu uvas e pavê. Qayitz pegou a cadeira no meio da rua e a trouxe de volta para a sala. Acenderam a lareira. Na mesinha de canto ao meu lado havia um livro desses de luxo, um *gift book*, com prefácio em inglês de Marcel Ricoère, com fotografias pornográficas de prostitutas parisienses do início do século XX.

Paulo Marinus disse:

— Nunca mais ninguém vai ver o Júlio Dapunt.

Capítulo 2
Ou talvez devesse dizer epílogo

I

O RESTO DO MEU TEMPO (voltei umas dez vezes, ou um pouco menos, a Quaresmeiras, desde aquele dia) foi tomado por pesquisas. Li muito na Biblioteca Ende, e fui atrás de todo mundo que conheceu a Coisa Não-Deus, fazendo perguntas e enchendo paciências com galhardia. Fui na PUC falar com as colegas de classe da turma de Letras dele, conheci o pai e a mãe, mandei um questionário para o Pul responder (ainda estou esperando pela resposta), conversei com sacerdotes da Igreja do Sagrado e Doce Mimo — com todos, todos. Senhores, fui um chato. Na verdade, a minha diligência me fez cair um pouco no conceito dos sacerdotes caçulas e dos anjos, que acham a diligência uma forma de vulgaridade.

O resultado dessas pesquisas é este livro.

Não posso dizer que a minha vida, no sentido mais amplo do termo, tenha continuado. Parei de trabalhar, praticamente. Minhas contas andam num estado que não quero nem pensar e me causam uma ansiedade contínua. Mas uma espécie de impaciência tomou conta de mim; não consigo me entregar a nada que não me interesse completamente. Fico só pensando nas possibilidades do meu espírito, no meu banquinho pintado de verde na casa da Rua dos Figos Caídos (onde vou ser vizinho de Grace Kelly), em Deborazinha, Qayitz, Sinufer, Pul. Foi um sacrifício enorme ir assistir a uma retrospectiva de um diretor brasileiro, que desanquei numa crítica. O pessoal da revista disse que o meu ódio era irracional. Eles acham que esse diretor, "apesar de alguns desacertos e passos em falso, construiu, ao longo de sua carreira, uma obra fílmica pessoal, angustiada e coerente". Eles também tratam esse diretor pelo primeiro nome ("O Tuta").

II

Júlio Dapunt morreu enquanto dormia, no seu quarto, entre três e quatro horas da manhã, de "obstrução coronariana" — vulgo enfarte. O médico, Dr. Henrique Lages, estranhou um pouco por causa da idade. Mas o pai atribuiu a morte ao fato de que Júlio "comia muita porcaria, hambúrguer, salgadinho, etc.". O corpo de Júlio foi enterrado no cemitério de Congonhas. Vieram parentes, e ninguém da PUC, e um colega da natação, que eu não conhecia, que costumava ir beber cerveja com o Júlio e que me falou das obsessões sexuais dele pelas garotas da faculdade, e do seu desejo, muito vago, digamos esporádico, de ser o líder de uma banda de rock.

III

Mas o que me resta contar, é aquele dia (dia? noite?) há cerca de um mês, quando estava muito contente e sossegado lendo *As minas do Rei Salomão* na tradução de Eça de Queiroz, que o Qayitz não parava de me recomendar (é, provavelmente, o único livro que ele sabe de cor). Estava lendo na minha sala, bebendo fanta laranja, e de repente o fogo ficou mais vivo e vermelho, a sala pareceu maior e mais clara, e nas traves de madeira da lareira voltei a ver escavada a faca (por Angus Macgregor, meu violento antepassado no mundo dos meus sonhos acordados) a data 1717 (Batalha de Gleincarn, na qual Angus perdeu dois dedos da mão direita e um pedaço da orelha, mas obteve a vitória contra o gigantesco exército do duque de Newcastle) e os dois leões, cujos nomes não sei. E na minha frente, em cima do meu tapete, estava um anjo.

Eu não sabia se era Cupra ou Casmiros.

IV

Era Cupra, porém mais casmírico do que o Cupra que primeiro havia me visitado naquela sala (com um brinquedo de plástico nas mãos). Tinha ainda o gogó saliente de Cupra, mas as entradas estavam menos conspícuas. É que ele estava quase terminando a fusão da personalidade caçula Casmiros com a personalidade primogênita original Cupra, processo no qual era (é) orientado por Mestre Partnossian, sacerdote da Igreja do Sagrado e Doce Mimo (e *connoisseur* de chocolates). Dava para perceber que ele agora era um Cupra mais relaxado. Deu um chute, no melhor estilo Qayitz, na parte de trás do meu joelho, só para me dizer olá. Em vez de me levar logo para Quaresmeiras (onde Paulo Marinus Prikker, que estava de malas feitas, queria se despedir de mim), disse que não havia pressa, e ficou folgadamente lendo as lombadas dos livros nas minhas prateleiras. Eu tive que ficar segurando as suas asas coloridas para evitar que elas ficassem entrando lareira e se chamuscassem.

No corredor das araras uma delas gritava "Kammamuri!", personagem de *Os piratas da Malásia*, de Emilio Salgari, um dos livros favoritos de Cupra-Casmiros, enquanto outra arara gritava, numa referência obscura para mim, "Daggett, do Sea Lion!". Fui recebido por Deborazinha e Johann-Marie. Débora usava uma camiseta branca folgada e uns tamanquinhos holandeses e um chapéu de praia muito elegante. Estava voltando da praia, e era verão de novo, e me ofereci para segurar a cadeirinha de praia e o livro que ela trazia na mão.

Era uma biografia de Sinufer.

— Ele nos mandou uma carta! Não é legal? — ela disse, bem alto, para ser ouvida acima dos gritos das araras.

Johann trazia suco de groselha numa bandeja. Cupra nos convidou a entrar para conversar "longe desta barulheira". Ele usou essa expressão com um inegável amor pelas araras; como um pai que finge estar incomodado com a barulheira que o filho insuportável está fazendo. Johann serviu o suco (Débora é fanática por suco de groselha) numa sala na qual eu nunca havia estado antes, grande, com uma lareira de pedra, e muitas almofadas em cima de um tapete fofo, onde nos sentamos. Em um canto reconheci a porta que dava para o escritório no qual eu pela primeira vez havia visto Júlio Dapunt, segurando uma tira de Moebius.

— Pois então, como eu ia dizendo — Débora disse, toda animada —, Sinufer nos escreveu agradecendo o que fizemos pelo Júlio, e terminou a carta nos convidando para ir conhecer a casa dele na Nebulosa do Bruxo! Quando eu e o Cupra voltarmos vamos contar tudo para você, para você morrer de inveja. Não é *charming*? Até por carta o Sinufer é *charming*.

— Quando vocês vão?

Amanhã, ela disse; as malas já estavam praticamente prontas.

Senti uma coisa muito banal: ciúme. Naquele momento senti de novo algo que já havia sentido antes, o desejo de fazer o meu espírito se desenvolver muito, mas muito depressa, e ultrapassar Sinufer em charme.

— Sinufer disse — Débora continuou — que quer saber o que eu acho da imitação dele de Maurice Chevalier cantando *Thank Heaven for Little Girls*. E para o Cupra ele ia convidar o Emilio Salgari, sabe o autor de histórias de piratas?, para que eles se conhecessem.

Senti, também — aquele sentimento dapuntiano, que eu não havia sentido com frequência ao longo da minha vida —, uma consciência súbita das minhas limitações, dos meus pneuzinhos, da minha pele oleosa na testa, da minha mente lenta e sonolenta. Tentei superar essas limitações endireitando o corpo e olhando com arrogância; coisa que eu já havia visto Júlio Dapunt fazer. Júlio Dapunt havia me dito uma vez que, não gostando do formato da própria cabeça, nem dos pulsos, que achava muito finos, admirava muito e invejava o formato das cabeças das outras pessoas, e os pulsos grossos dos outros homens (humm...). Eu invejava a alegria de Débora, o charme de Sinufer, a tranquilidade de Cupra, o corpo e a agressividade de Qayitz. Eu e Júlio Dapunt, naquele mundo de movimentos precisos, éramos uns proletários. Percebi que o meu ciúme de Débora com relação a Sinufer havia me aproximado mentalmente de Júlio Dapunt, como se eu estivesse, moralisticamente, desejando que Deborazinha demonstrasse menos alegria e mais luto. Fiquei um tanto amuado.

Ela percebeu, porque, de repente, sem se incomodar com o Cupra nem com o Johann, agarrou o meu pescoço com as mãos, puxou a minha cabeça para baixo, e me deu um beijo na boca.

Depois disse, pondo as mãozinhas na cintura:

— Você vai sentir uma falta enorme de mim?

E é assim que ela sai desta história. Enquanto escrevo, Deborazinha e Cupra, agora um caçula completo, devem estar na mansão ciclópica de Sinufer na Nebulosa do Bruxo, e Johann deve estar sozinho tomando conta das araras, só de cueca; e eu estou em São Paulo, uma cidade mui medonha, meus amigos.

V

Paulo Marinus Prikker e o pai dele estavam me esperando naquele gabinete onde eu havia visto Júlio Dapunt pela primeira vez, de pijama, brincando com uma tira de Moebius. Não era o Paulo Marinus nem o pai dele que estavam de pijama brincando; vocês entenderam. Paulo Marinus, aliás, estava de terno, como sempre; afundado em uma poltrona, com um pedaço da canela aparecendo, e lendo, ou folheando, *O mal é um ângulo de doze graus*. O pai dele, seu Hermelindo, estava sentado em uma mala, tirando sujeira da unha do pé com um canivete. Os dois se levantaram quando entrei, e sorriram.

Paulo disse, "Estávamos só esperando você chegar para ir embora". Embora para onde? Para um lugar melhor, disse o seu Hermelindo com sua sonora voz empostada. Paulo disse, meio impaciente, mas sem deixar de sorrir:

— Também não é assim, pai.

E depois disse a frase, que talvez algum dia seja considerada histórica, e talvez não:

— Vamos fundar uma cidade racional.

Estavam ambos muito felizes e esperançosos, iam fundar um mundo novo, uma cidade de espíritos que "prezassem a verdade, a intelectualidade, e a razão, acima de tudo". Paulo Marinus disse mais: "Uma comunidade de espíritos objetivos, secos, frios, que coloquem a busca do conhecimento acima do capricho, do mimo, do esteticismo e do hedonismo. E acima da moral também."

Quando Paulo chegou na parte da moral, seu Hermelindo disse:

— Também não é assim, filho.

Depois se desculpou por ter que ir embora, ia passar na casa de não sei quem pegar um livro de volta antes de ir embora. Seu Hermelindo sacudiu a minha mão, a pele áspera dele quase cortando a minha, e sorriu meio emocionado.

— Olha, meu amigo, uma coisa: não deixe que o deboche e a ociosidade deste lugar influenciem você.

Tarde demais, meu velho. Desejei boa sorte, e ele, depois de Paulo dizer que não ia demorar muito, se foi.

VI

Passo, portanto, a transcrever as ÚLTIMAS PALAVRAS DE PAULO MARINUS PRIKKER antes de ir fundar um mundo. "Nunca combinei muito com isto daqui. Sou um homem adulto no meio de espíritos sumamente infantis. Meus heróis eram adultos e tinham orgulho de ser adultos: Sartre, Camus, Edmund Wilson. Bom. Há lugares piores. Até o meu pai reconhece que as pessoas daqui são cheias de charme. E charme é quase tudo na vida. O lugar é lindo. Em parte, graças a Mametino de Ancira, que encheu as calçadas de esculturas incríveis. As pessoas têm bom gosto, e os anjos mais ainda. Foi bom morrer e vir parar num lugar como este; suavizou as coisas para mim. Foi bom trabalhar como secretário de Pul, que, feitas as contas, é o espírito mais inteligente que conheci. Eu o admirava muito; admiro, ainda. Mas, como Sêneca escreveu depois que morreu, toda admiração é prejudicial ao espírito que admira. Concordo cem por cento. Admirar alguém é como cair de quatro com a bunda levantada. Não é uma atitude viril.

Na pausa que ele fez, perguntei se o que o havia decepcionado em Pul tinha sido o tratamento, digamos, indiferente, que ele havia conferido a Júlio Dapunt.

— Não. De jeito nenhum! A frieza do caráter dele me atraía. Pul percebeu racionalmente que não havia nada a fazer. Sempre gostei de uma racionalidade fria, mesmo quando ela choca os outros. Especialmente quando ela choca os outros. Não. Foram outras coisas, coisas pequenas e ridículas. Com a inteligência que tem, e Pul se dedica a coisas ridículas. Só conversa com os cozinheiros. Fora eles, passa dias sem falar com ninguém. Coleciona tiras do Calvin. Sei lá quem é Calvin. Ele até desenha tiras novas do Calvin, do Charlie Brown. Passa dias fazendo isso. Depois entrou numa fase de fixação de que tinha que fazer um filme, e eu tinha que ajudar. Você deve conhecer — talvez não conheça — uma série de filmes que o Clifton Webb interpretou, no papel de um gênio, Mr. Belvedere, lá pelos anos 1950. Eram comédias. *O gênio no asilo, O gênio na universidade*, essas coisas. Ruins. Bem ruins. Pul decidiu sem mais nem menos fazer *O gênio em Quaresmeiras Roxas*. Eu fui atrás do Clifton Webb e de todo o resto do elenco, que, aliás, incluiu os cozinheiros do palácio de Pul. Ajudei na direção e na produção. Pul escreveu o roteiro, bom, devo reconhecer que era um roteiro muito bom, no gênero comédia leve. Rodou o filme em preto e branco. Depois mandou todo mundo embora e passou dias revendo o filme no cinema particular dele. Isso, no auge do problema com Júlio Dapunt.

Mas o que havia decepcionado Paulo não eram essas excentricidades.

— Você deve estar lembrado que eu disse, a você e a Débora, no dia do Machiná-no-Deva na casa de Paul Ricoère, que eu e Pul estávamos ocupados escrevendo o que eu achava ser, na época, um tratado de matemática. Achei que se tratasse de Filosofia dos Números. Havia muita discussão teórica sobre duas equações simples, $x = x$ e $x \neq x$. Pul ditava, eu escrevia. Ele começou a ditar pouco antes, deixa eu ver, uns três dias antes da morte do Júlio Dapunt. Antes disso havia passado uns oito dias em retiro numa cabana que ele tem num bosque bem ao sul de Marsupiais. Bom, eu não sabia, mas parece que nessa cabana ele se encontrou — e esse encontro vai ficar histórico, embora pouco se saiba sobre a conversa que tiveram — com o Júlio Dapunt. Bom. Pul voltou do retiro e começou a ditar para mim. Conheço pouco do assunto, filosofia dos números, e não pude antecipar que rumo a argumentação de Pul estava tomando. Metafísica, misticismo e irracionalismo num pacote só.

Levei dias relendo aquilo, para entender. Dias. Resumindo, Pul diz que existem dois universos: o universo da Existência, e o universo da Não-Existência. Esses dois universos formam o mundo. O universo da Existência se define matematicamente pela equação $x = x$. Perfeito: se as coisas não fossem iguais a si mesmas num dado instante, não existiriam. E o universo da Não-Existência se define pela equação $x \neq x$. Em um dado instante, as coisas são diferentes de si mesmas. A afirmação de Pul de que ser diferente de si mesmo é a mesma coisa que inexistir me parece brilhante, sem paralelo na história da filosofia. Essas coisas inexistentes formam o universo da Não-Existência.

Depois Pul define Deus como vida, movimento. Ele gasta alguns capítulos definindo movimento e tipos de movimento. Há sutilezas, claro, que só lendo o tratado de Pul para entender. Mas, numa simplificação bem grosseira, o principal é isto. Teoricamente há quatro espécies de movimento. Nº 1: movimento interno dentro do universo da Existência. Por exemplo, quando eu movimento a minha mão (Paulo Marinus movimentou a mão).

Nº 2: movimento interno dentro do universo da Não-Existência. Por exemplo, quando Dom Quixote se lança contra os Moinhos de Vento. Pul, na verdade, usa sempre o exemplo de Willie Wonka (personagem de não sei quem, que ele adora) dando uma cambalhota.

Nº 3: quando algo se movimenta do universo da Não-Existência para o universo da Existência. Corresponderia à criação "a partir do nada". E, por fim,

Nº 4: movimento de algo do universo da Existência para o universo da Não-Existência. Esse é o movimento que Júlio Dapunt fez.

Ora, os dois primeiros movimentos correspondem a uma categoria inferior de movimento, por serem internos. Num sentido restrito, nem mesmo são movimentos. Quanto aos movimentos 3 e 4, o 3 existe apenas na teoria, se é que existe, e o 4 foi executado apenas por Júlio Dapunt. Se Deus é Movimento, e Júlio Dapunt executou o único Movimento do universo, Júlio Dapunt é Deus.

VII

— Nas últimas páginas do livro, Pul diz, com todas as letras, algo mais ou menos assim: "Claro que tudo isso é bobagem, no sentido de que não é verdadeiro. Há falhas de argumentação em várias partes, que procurei encobrir com truques simples de lógica. O prazer, e não a verdade, deve ser o nosso objetivo final. Assim, pelo simples fato de que me dá mais prazer pensar assim, eu acredito — realmente acredito, embora saiba que não é verdade — que Júlio Dapunt, por ter saído do universo $x = x$ para o universo $x \neq x$, é Deus."

Paulo riu, sem achar muita graça. Depois sacudiu a cabeça.

— Dizem que o Anjo da Introspecção escreveu aquele discurso inepto, e cruel, que tive que ler (lembra, com aquela estrutura de piada? "Temos uma boa e uma má notícia...") exatamente para que todos sentíssemos mais pena de Júlio Dapunt. Alguém acabaria surgindo com uma teoria consoladora qualquer, apropriada para o nosso temperamento, que diminuiria a melancolia dos sobreviventes, ou mesmo acabaria com ela. Bingo. Foi só por isso que contaram tudo ao Júlio Dapunt. O Anjo da Introspecção convenceu Qayitz a manobrar para que os anjos decidissem contar tudo. Aumentaram o sofrimento do rapaz só o suficiente para que Pul acordasse do torpor dele e criasse uma teoria qualquer, que diminuísse o sofrimento de todo mundo.

Ele se remexeu na poltrona.

— Claro que racionalmente falando... não há mesmo por que colocar a verdade acima do prazer. E se é assim, a própria razão recomenda o irracionalismo de vez em quando. Mas por algum motivo isso me parece... moralmente repugnante.

Me ocorreu que Paulo Marinus estava simplesmente aproveitando aquele momento para se destacar como "o homem que rompeu intelectualmente com Pul" — tornando-se assim uma nota imortal de pé de página na história de Júlio Dapunt. Era a oportunidade dele, e ele estava aproveitando.

— Você está muito encantado com tudo isto daqui, Quaresmeiras Roxas, etc. Por que não? Eu também. Eles têm charme. Na certa você acha que estou sendo melindroso demais. Tudo bem. Mas é que nunca me senti cem por cento em casa aqui. Não sou acima de tudo um esteta, um sibarita. Sou acima de tudo um intelectual. Isso significa que vivo de acordo com certos padrões intelectuais. Não vou brincar com esses padrões só para me divertir, ou só para fugir de verdades desagradáveis. A razão tem a sua ética própria, e nesse sentido sou moralista. E isto aqui, este lugar, vai ficar cada vez pior. A Igreja do Sagrado e Doce Mimo aceitou a tese de Pul. Mestre Panossian, o maior intelectual do mimo, ficou encantado com o livro do Pul, a noção de que Júlio Dapunt é Deus. Em algumas capelinhas do mimo — essas cabinezinhas individuais que você vê nos jardins das casas e que parecem uns confessionários — já se veem estatuazinhas de Júlio Dapunt.

Essas foram as últimas palavras de Paulo Marinus Prikker antes de ir fundar um mundo. Ele me convidou para fazer parte da colônia de intelectuais que ia fundar em Terra de Descartes. Iria ter uma boa biblioteca, e um bar melhor ainda. Wittgenstein viria. Condillac, Degerando e Tocqueville também. San Tiago Dantas, Paulo Emilio Salles Gomes e Otto Maria Carpeaux, que haviam sido amigos dele em vida, também. Keynes iria passar uns meses lá. Talvez conseguissem chamar George Jean Nathan, Mencken e Raymond Aron. E ele estava quase conseguindo convencer toda a família Huxley, que iam levar Bertrand Russel junto "como brinde".

Eu disse que talvez desse uma passadinha lá algum dia. Mas eu sei que estou pouco me lixando para a Verdade e a Razão.

— E você, o que pretende fazer? — Paulo perguntou.

— Escrever o livro que me pediram, sobre Júlio Dapunt. E de resto — hesitei, sem saber como falar do meu desejo, minha ambição de crescimento, de vontade de poder, meu desejo de desenvolver em mim o charme e o mimo e o carisma e a sensibilidade estética. Acabei sendo mais concreto: — Vou dedicar o próximo ano à leitura de todos os romances de Walter Scott, que está abençoadamente fora de moda. E não vou trabalhar muito. Não sei se você sabe (Paulo Marinus era tão autocentrado), mas eu sou crítico de cinema numa revista. Quando mais jovem, passei dez anos como assessor de imprensa de um senador gaúcho. Era chatíssimo, mas deu para fazer umas economias. Acho que vou passar o resto da minha vida em casa, lendo, bebendo, e procurando trabalhar o menos possível.

Antes de ir, me entregou uma pastinha com as primeiras cem páginas da biografia que ele havia começado a escrever, DUAS ENCARNAÇÕES DE PUL: *Granada 1272-1351 e Boêmia 1377-1439 — Incluindo período 1351-1377*, que, segundo ele, embora ainda admirasse Pul (sim, como não?), nunca iria terminar. Chacoalhou a minha mão e foi embora.

Fiquei sozinho alguns minutos naquela sala, ouvindo pela porta entreaberta Jerry Lee Lewis, que Deborazinha adorava e havia posto para tocar enquanto faziam as malas para a viagem do dia seguinte, e me lembrei, ao olhar pela janela, do dia em que havia visto Júlio Dapunt parado junto daquela mesma janela, de pijama; e de como ele me havia mostrado, encantado, o cordão de prata que saía do umbigo do seu corpo astral, atravessava a janela e se perdia em um ponto qualquer do céu.

Ao chegar mais perto da janela, vi Paulo Marinus Prikker pela última vez, atravessando o terreno da casa de Casmiros para ir embora. Me lembrei, ao ver as suas costas, da sensação que havia tido quando nós dois havíamos visitado minha futura casa no Paraíso, que Marinus Prikker, com sua pretensão à elegância, e seu terno, e seu nó inglês na gravata, à la Duque de Windsor, não era realmente elegante, embora se julgasse assim: trazia o terno amassado, e a sua cabeça parecia grande e redonda demais. Julgando-se um esteta e um dândi, não era nem dândi, nem esteta. Isso, ele já havia mais ou menos percebido. E não seria possível — me ocorre agora que sim — que se julgando um devoto da razão acima de tudo ele estivesse igualmente enganado a respeito de si próprio? Mas enfim, parado ali na janela vendo Paulo Marinus ir embora, uma coisa me lembrou outra, e me lembrei de passar na minha (futura) casa de férias, deixar lá a pastinha com a biografia de Pul para eu ler algum dia. Saí à francesa. Quando eu saía de fininho, Jerry Lee Lewis gritou para mim, *And if you can't say something reeeeeaaally nice, please don't talk about me when I'm gone.*

Que mais posso dizer? Quase me perdi para chegar na minha casa na Nemyie Mamalemo Mur. Deixei a biografia de Pul na estante da sala, que, para minha alegria, tinha bons, ainda que poucos, livros; depois fechei a porta, tranquei e levei a chave. Tive a ideia de aproveitar e ir ver o Memorial de Júlio Dapunt, que havia sido construído em mármore. Tudo o que sabia é que ficava atrás das Tapeçarias, saindo um pouco da cidade.

Era uma tarde gostosa de passear. Seis nuvens intensamente brancas em formato de pluma passavam devagar por cima da mais bela cidade de muitos mundos. Eu tinha a impressão de que iria ver Júlio Dapunt andando na minha direção, virando uma esquina. Não vi.

Nas ruas de grama do bairro novo encontrei um anjo de asas vermelhas e douradas sentado em um banco, segurando um cachorro pela coleira. Nas ruas mais movimentadas do bairro velho esbarrei em alguém que achei que fosse Nietzsche, mãos nas costas, andando devagar.

De repente, virando uma esquina, o memorial, não muito grande, colunas gregas, como um templo grego no meio de um bosque em um quadro de Claude Lorrain. Lá dentro, muito simples, um simples retângulo no chão, com o nome rasgado no mármore: JÚLIO DAPUNT.

Havia flores em grande quantidade, goivos e gerberas, e entre elas, perto da parede, um bonequinho de uns poucos centímetros de altura, de um material que não verifiquei qual era. Suponho que fosse plástico ou baquelite. Representava o novo deus do panteão, a Coisa Não-Deus, que era simpático e tinha mãos bonitas (isso não dava para ver no bonequinho), e a pálpebra do olho esquerdo nunca se levantava de todo, e que só queria se exibir um pouco, ser grande e magnífico, ser o vocalista de uma banda de rock, e comer todas as meninas da faculdade.

Este livro foi composto na tipologia Warnock
Pro Regular, em corpo 11,5/16, e impresso
em papel off-white no Sistema Cameron da
Divisão Gráfica da Distribuidora Record.